U0044670

一九七〇年的冬天

穆迅 著

目次

引子／005

第一章／008
第二章／037
第三章／069
第四章／090
第五章／138
第六章／165

後記／173

引子

大白天兒的，雞舍邊的廁所那兒傳來一驚一乍的女生尖叫：「蛇！蛇！來人啊！有蛇！快來人啊！」正靠在草泥房牆曬太陽的沈胖朝叫聲方向歪歪頭，有點不情願地扔下手中的半截香煙，轉身穿過籃球場，向後院走去。

「在哪兒？」沈胖一邊問一邊摸了摸鼻尖上的青春痘。

「在裡面。」滿天紅提著褲子，臉色煞白地站在女廁所門口。

「裡面還有人嗎？」

滿天紅撇著嘴，搖搖頭。

沈胖慢步走進，不一會兒，手裡倒提著一條尺把長的小蛇出來，抖弄著湊向滿天紅：「瞧你這膽兒，就這小東西，惹得您花容失色。」

滿天紅「呀」地一聲，驚恐地向後跳，褲子差點從手中滑落。

「討厭！」她嗔怒道。

「向毛主席保證。它吃不了你。」沈胖得意地晃著小蛇，向籃球場度去。

聽見滿天紅的急叫，草泥房裡早已鑽出一幫子同學，再瞧沈胖拎了條小蛇，便圍了過去。

沈胖將蛇放到籃球場中央，抬身欣賞著戰利品。小蛇似乎對這陌生的環境感到不安，遲疑地吐出舌芯子向四面試探。突然，它抬起頭飛速地游擺身子向前沖。男女生們見狀慌忙驚叫閃開。當小蛇快要逃到場子邊緣的時候，沈胖不慌不忙俯下身，按住蛇的尾巴。蛇回過頭張開小嘴就咬。沈胖「嘿嘿」一笑，迅速提起蛇尾在空中抖了抖。蛇立刻像斷了脊樑骨似的軟下來。

見蛇沒了動靜，膽大點兒的便趨前湊近。

「是毒蛇嗎？」

「瞧著有點兒像。你看這頭，三角的。」

「不是，毒蛇頭比這更三角。」

「聽大李說，它能吞下一隻小老鼠。」

「……」

「哥們兒，想不想看個稀稀海兒？」沈胖提高了嗓音蓋過眾人議論：「小蔡，跟連長要點鍋煙子油來。」

小蔡應了一聲，轉身奔向連部。不一會兒返回時，他手裡捏了根火柴棒，棒頭上粘一團深棕色油亮亮的粘稠物。

沈胖順著蛇身捋下去，兩指掐住蛇頭根部。蛇嘴自然張開，蛇身便纏住沈胖的手腕。沈胖不理會它，接過小蔡的火柴棒，將那油亮的粘稠物捅進蛇嘴。蛇渾身顫抖了一下，鬆開沈胖的手腕，狂扭起來。

沈胖順勢將蛇扔到地上。眾人屏住呼吸，觀賞著它痛苦地翻轉、抽動。慢慢地一層像薄霧的灰白顏色，影子般地從蛇頭開始向蛇尾蔓延。它所經之蛇身，先是慘烈地痙攣，抽搐，接著便凝固在那裡，有如冰冷的化石。而沒有被入侵的蛇身部分仍在做垂死激烈地掙扎。可是不管蛇如何翻扭，那灰白的影子擺脫不掉，依然穩穩地向蛇尾推進……漸漸小蛇全身變得灰白而僵硬，枯枝一樣橫陳在眾人的腳下，沒有了生息。

第一章

葦子灘在天津市的東郊，連著渤海。由於它地勢平坦，海水浸進來只有沒膝蓋深。苦澀的咸城水什麼都不長，唯獨蘆葦得天獨厚躥得像青紗帳似的，又密又高。大片大片的蘆葦在廣袤的天空底下風一吹來浪湧般地嘩嘩作響。從高處放眼望去，天連著蘆葦荒原混混沌沌，果真是天蒼蒼，野茫茫，風吹草低……沒牛羊。

大海一樣的蘆葦蕩從來沒有人煙。直到這幾年，部隊為了響應偉大領袖毛主席「五月七日的光輝指示」，創建「五七農場」，才在較高的地帶開荒種地。瞅不冷地在水田附近建幾間草泥房，供戰士們臨時棲身。

蕭水伸長了脖子向前面瞭望，仍然是瞧不見邊也瞅不到盡頭的蘆葦。打從四面八方就數長途汽車站站牌最高的公路邊走下，這都有一頓飯的時候了，沿途所見的景色除了蘆葦還是蘆葦。沈胖推著一輛早已沒了光澤的永久牌二八寸加重自行車，馱著蕭水的被褥行李走在前面。蕭水提著塑膠網兜緊跟其後。許是又乏又累，網兜不斷下沉敲打著後腿肚子，兜裡的搪瓷臉盆、牙刷缸什麼的叮噹叮噹有節奏地響著。

沈胖像是有使不完的勁兒，黝黑滾圓的手臂推著自行車嘴裡還不歇著，一路就聽他叨叨個沒完，毫不顧忌蘆葦蕩的靜謐。

「你別謝我，到車站接人是件好差事。聽說你來，不管是哥們兒還是君子之交的都找連長報名。插秧那活兒哪個不想躲著點，勾著個腰，一天到晚就瞅著那綠湯水兒，連天是啥色兒的都不知道了，誰受得了。」

「那，連長是你啥親戚？怎麼挑你來接我？」蕭水半開玩笑地質問。

「瞧你說的，連長跟咱鐵的很，香煙一遞就和親兄弟似的。我說咱倆是髮小，他信了，我這不就來了嘛。」

「你還真會瞎編。」

「我這也不是全編，咱高中、大學都是同學，跟髮小也差不多吧。」沈胖抹了把汗，急忙辯解：「你還別說，咱這連長特有水準，高中生。我還聽說全軍大比武那陣兒，他年年拿第一，文武雙全。」

「那怎麼到現在還是個連長呢？」蕭水奇怪。

「這就不清楚了。」沈胖放低聲：「沒準兒犯過什麼錯吧。可我瞅著人挺好，長得也帥，跟「紅燈記」裡的李玉和似的。」

「咱們連有幾個當兵的？」蕭水問。

「五個。」沈胖回答：「連長、指導員、一排長、二排長、三排長。」

說著，沈胖停下來，朝蕭水伸出兩個手指夾了夾：「有煙嗎？媽的，咱們連的小賣部只為老傢伙們服務，全是「牡丹」、「山茶花」的，沒有咱們窮學生的份兒。慘啊，爸媽給的錢買「大前門」都得咬牙。」

蕭水笑笑，趕緊遞上一支。

沈胖深深地吸了一口，來了精神。推著車子，邊走邊向哥們兒彙報：這回周總理命令中央直屬文藝院校系統全部下放到解放軍部隊農場就屬咱們學院福氣，離著大城市近，其他的院校不是發配到宣化沙堆子裡就是太行山石頭溝子裡，天天只能喝西北風，聽貓頭鷹叫，真不知是誰的主意。咱們學院的名字也改了，叫北京軍區四一六八大學營，以後寫信就用這個地址。大學營下屬三個連，一連由學院院部和後勤組成，二連是導演系、表演系的師生，三連就是我們舞臺美術系加上戲劇文學系老師。大學營軍代表是白教導員。各連的連長、指導員、排長都是解放軍領職。

「咱的指導員怎樣？」蕭水將網兜換個手。

沈胖一歪頭，「啐」的一聲，煙屁股吐出去老遠：「不怎麼樣，瞧他那矬樣，光長心眼兒了。他不管對誰都是笑眯眯，可是那一嘴鬍子的笑，總叫人肝兒顫，別裡頭藏著什麼陰主意吧？」

五月的陽光射在背上已覺燥熱，汗水從皮膚裡滲出針刺地痛癢。暖烘烘的濕氣從地面騰起，夾裹著咸腥鹼水味和草腥葦子味陣陣迎面撲來。溝溝坎坎的泥土路在陽光烘烤下泛起白花花的鹽鹼，多看它幾眼，就像看雪山上的白雪一樣，扭過頭眼前就一片黑。路上的土塊硬得像刀子，踩上去隔著鞋底都生痛。

大概沈胖的肚子也餓了，話越來越少，這會兒索性閉了嘴，悶頭往前走。

蕭水真想停下來再歇一會兒，可這方圓十幾里看不見一棵樹，往那兒躲太陽啊？更糟糕的是，褲襠子裡的那玩意兒挺起來好長時間了，就是不肯縮頭。怨誰呀，剛割了包皮，就急著趕來。那玩意兒還不習慣光著頭，一蹭它就興奮。害得他走路都要噘著屁股夾著點兒。

前面的沈胖忽然停下來，支好了車子，轉身脫了褲子就嘩嘩地沖著天空尿起來。蕭水不由自主地向四下張望。

「看什麼看！」沈胖朝天空翻著白眼：「向毛主席保證，絕對連個鬼都沒有。這個操蛋地方，我倒是想著有個妞兒過來呢。哎，聽說你晚來是因為結婚，哪個妞兒啊？」

「我他媽的才沒你那麼急。」蕭水罵了一聲，壯著膽兒也掏出那玩意兒尿了起來：「你想妞兒想入魔了吧。」

沈胖「嘿嘿」一笑，提起褲子：「你不急，可陶延聽了，蘋果臉立馬就蔫兒了。你瞧，你瞧，這不挺起來了嗎？」沈胖指著蕭水的那玩意兒笑得更響了。

「別瞎說！」蕭水臉通紅：「我就是為了這個才晚來的。醫生唬我，說再不動手術就有斷子絕孫的危險。這還了得？香火斷在我這兒，千古罪人啊！你小子千萬不要跟別人說！」

「放心！向毛主席保證！」沈胖痛快地答應。

蕭水站在營地通往外面的豁口，一眼便包覽營房的全貌：中央是一個標準的籃球場，南北向，兩邊有籃球架，經風雨沖刷，架子只剩下木頭的本色，一副歪斜的籃框吊著幾根看得出是籃網的線繩。球場四周用泥土圍成一圈高壩，有半人高，壩上就是三連住的草泥房。房子所有的牆壁用稻草和泥土攪拌合成，雖粗糙卻也厚實。房頂也用稻草和泥土合成，只不過稻草的成分居多，看上去像草頂。門窗很窄且深深地陷進牆裡，顯得小鼻子小眼的。西邊壩上的一排房，門窗面西。其餘北排房、東排房、南排房門窗都沖著籃球場。豁口邊一個直徑兩米寬的水泥管，口朝天半截入土埋在壩上。有人推開蓋子，原來裡面裝著全連用的水。

三排長中等個，狹長的臉，皮膚又細又黑，鮮紅的嘴唇一笑，露出兩排亮晶晶的大白牙。十八九歲的樣子，老想裝成熟。可那雙清透的大眼總是藏不住他心裡的稚氣。

「你叫蕭水？」他細聲細氣地問，兩隻手撥弄著一隻圓珠筆。

蕭水點點頭。

「你的鋪位在裡面。」他邊說邊領著蕭水進了北排的草泥房。

這是一個典型的北方房屋的格式。進門有間小廳堂，供堆放一些公用的雜物。左右手各有一筒子間，有門。各筒子間又分兩間，用牆分割，但沒有門。筒子間的當中一條走道，兩步寬，直通到底。兩邊就是通鋪，像北方的炕。筒子間的盡頭有座磚爐，供冬天取暖用。

蕭水的鋪位在里間的南炕。共睡一炕的還有三位，都是戲文系的老師，不大熟悉。炕頭的上方拉了根鐵絲。洗臉、擦腳的毛巾和洗好的手絹混雜掛在那裡，白的花的長短寬窄不齊像掛了滿屋子嬰兒尿布。

宿舍裡的人都不在，怕是外面幹活還沒回來。

「這兒都是五班的同志。」三排長手臂在空中劃了一圈：「班長是歐陽丁，你認識嗎？」

「知道，老夫子。」蕭水脫口而出。

「什麼？」三排長一臉無知。

「我們平時都這麼叫他。」蕭水解釋道。他不敢講，老夫子可是孔夫子之類的統稱，是臭老九。他更不敢講歐陽丁之所以能獲此榮稱全因他還是「紅衛兵文藝縱隊」赫赫有名的筆桿子。與縱隊觀點不合的對立面「井岡山」稱他為「帶皺紋」的幕後黑手。

蕭水到部隊農場第二天就隨同學們下水田插秧。這是個急活兒，是要趕節氣的。所以部隊除了安排插秧別的事都停了，連早飯前的操練、讀毛著都取消了。也許是年輕，身子骨柔性好，蕭水插秧頭兩天腰背酸痛些。過了第三天習慣了也就不覺痛了，反而覺得這不是個力氣活，渾身筋骨伸展輕鬆。只是蕭水一邊插秧一邊習慣地不時將腳抬出水面看看。以前這活兒他也幹過，最怕的就是螞蟥。這個軟軟、粘粘的蟲子，看著它，心裡直翻噁心。聽說它還會鑽進你的皮膚裡吸你的血，不用鞋底拼命拍，它是不願出來的。這種扭扭蟲在水田裡無處不在，人腳浸在水裡心總是慌慌的。

「看什麼看！」沈胖手裡活兒不停，也沒抬頭，用屁股就能感到大院裡長大的蕭水在怕什麼。

「看看有沒有螞蟥。」

「這兒是鹽鹼水，哪兒來的螞蟥？」

噢，蕭水明白了，螞蟥最怕鹽，怪不得沈胖他們從不抬腳查看，我還以為沈胖從小幹活兒幹慣了呢。想到此蕭水才放心悶頭插秧。

另一塊水田，師生們邊往水裡扔一捆捆的秧苗邊準備下田。這裡的水田面積較寬，插秧時師生們排成一行，齊頭倒退著插秧。

滿天紅扭著身子從田埂上踏下水田來。她高挽著褲腳，細碎花白底襯衫，下襟交叉打個結，很自然地顯露出她那青春身段。

滿天紅原名叫滿嫣紅。剛出生時臉蛋兒粉紅粉紅的，家裡就取名叫嫣紅。同學們開玩笑叫她胭脂紅。破「四舊」時，造反了，名字也不能太小資，便改名為滿天紅。

滿天紅身邊是一個乾瘦的戲文系老師，沒等一行稻苗插完歪頭便對滿天紅說：「小同學，我還以為你是表演系的呢，可惜了。」滿天紅最煩的就是這句話，已經不止一個人對她說了。不是表演系的又怎樣？難道畫畫的就必須是醜八怪？

「人家報的就是表演系。」沈胖隔著另一塊水田高聲插話：「後來看到報名表下面還有個舞美系。哦呵，又舞又美的比表演系強啊。是吧，胭脂紅……」話還沒說完，一把秧苗就從滿天紅手裡飛過來：「討厭，沒人招你就貧嘴，欠揍啊你。」

沈胖見真惹急了滿天紅，「哎呦」一聲便縮身不響，埋頭插秧了。滿天紅惱著回身，手裡插秧的速度加快了。旁邊的乾瘦老師一下亂了方寸，為了保持平頭共進，只好也調整插秧的頻率。到底是年近半百的人，乾瘦老師沒插幾行，就得直起身子捶捶腰，再插幾行，又得直起身子捶捶腰，捶腰的次數多了，哪裡還是年輕學子的對手？滿天紅與乾瘦老師的距離逐漸拉開了。乾瘦老師手忙腳亂，倒著身子拼命趕。忽然學生那邊沒了聲響，老師頓覺奇怪，直起身子，回頭看。他的身後左右早已被滿天紅插滿秧苗，他就像餃子餡兒一樣被包在水田中央。

在插秧的活兒裡，這是個羞辱的舉動。等於嘲笑你沒本事。

我招誰惹誰了？乾瘦老師搖著頭，爬上水田旁的硬地，一屁股坐下。

「老師，對不起呀，我還以為您是表演系的呢，別往心裡去。」滿天紅笑咪咪地湊過來，嬌嗔地推了他一把。

「唉，你們這些學生呀，真讓我記一輩子。」乾瘦老師嘀咕著。

日子過的很快，插秧結束了，撓秧也做過了，田裡沒有活幹了。

宿舍裡，五班的師生們散坐在炕上炕下，有的盤腿打坐，有的斜倚在牆上，有的坐在炕沿兒邊，有的坐在過道邊的馬紮上。每人各自手中無一例外捧著大小不同、版本各異的紅色塑膠皮包裝的毛主席語錄。屋子裡靜悄悄的，這是早飯前的「早請示」，現在又恢復了。

歐陽丁靠著炕沿兒，坐在馬紮上，挖著鼻孔，皺著眉，額頭擠出三條深深的抬頭紋，兩眼盯著手中的毛主席語錄書。「老夫子」其實年齡不大，三十幾歲，青年教師。就是那三條動不動就出現在額頭上的皺紋，被對立面冠之以「帶皺紋的」幕後黑手。

「白墨！幹啥呢你？」

歐陽丁回頭，見三排長指著白墨手中的紅寶書（毛主席著作統稱）高聲斥責。沈胖盤腿坐在一旁，嗤嗤地笑著。白墨的老花鏡早已跌落在炕上，混濁的眼睛正對著書本：「我在學毛著啊。」

「有你這麼學的嗎？」三排長奪過白墨的紅寶書，倒轉過來再塞進他的手中。

「前輩是在給您看呢。」沈胖笑著說。

「又睡著了吧？」三排長低眼看著白墨，搖搖頭，轉臉又對蕭水說：「你過來，連長、指導員要找你談話。」

蕭水答應著，從炕上溜下來，與三排長一同離開宿舍。

「白老，恭喜啊。」沈胖指著腦袋：「睡夢讀毛著，多高的境界呀。給您上綱上線，少不了又得出一本新集子。」

白墨從炕上撿起老花鏡重新戴上，抬眉看著紅寶書回答道：「小同志，別沒大沒小，戳我霉頭呦。」

「開玩笑，開玩笑，您別在意。我的意思是說，您才高八斗，學富五車，隨便寫個檢討都能出書。」

白墨笑了，爬滿皺紋的嘴唇露出了歪歪斜斜的牙齒：「這位小同學真會說話。」

「哎呦，擔待不起。」沈胖雙手合掌，做虔誠狀：「您是老師們的老師嘛，不敢奢望，能撥點兒填詞作詩的秘訣殘羹，在下『潑皮』就感恩不盡了。」

「嚇，你還知道『潑皮』這兩字？」

「當然了，不就是小流氓、無賴嗎？」沈胖自嘲地回答：「我就是小無賴。您就是魯智深呀。」

「哈哈，你頑皮了。魯智深只會倒拔垂楊柳，可學不到吟詩作畫。」白墨眯縫著眼睛笑道。

「哎，不對，聽說您是行伍出身，武功了得，人家投筆從戎，您卻反其道而行之，成了會寫詩的魯智深，這是………」

「喂，喂，現在是學毛著時間。」歐陽丁打斷他們的談話：「離題啦。」

白墨看著沈胖撇撇嘴，做出無奈的表情。

沈胖也移開身，重新盤腿打坐。

連部在西排房，與女生宿舍為鄰。這兩個地方都是三連重地，所以放在了背對籃球場的西排。連部裡的擺設很簡單，幾隻箱子，一張沒有抽屜的檯子，外加牆上一幅毛主席像。

指導員坐在檯子後的正中間，一本卷了邊角的牛皮紙封面印有雷鋒木刻大頭像的筆記本攤開在胸前，一支黑色粗粗的老式自來水鋼筆壓在上面。指導員三十歲不到，灰白的寸頭，幾天沒刮臉，髫子茬在他的厚嘴唇周邊紮滿，順便灑遍皺皺巴巴的腮幫子上，看上去和實際的年齡不相符。見三排長、蕭水進來，偏偏頭，示意他們坐下。

連長岔開腿坐在檯子旁箱子上，正專心鼓弄著煙斗。

「跟蕭水談過嗎？」指導員笑嘻嘻地問三排長。

「沒哩，還是組織上談好。」三排長小聲說。

指導員撓了撓三分禿頂的頭說：「蕭水，你是黨員？」

「是。」蕭水回答：「六五年入黨。」

「河北人吧？嘻嘻，咱們是老鄉唄。你爹也是在部隊裡？」

蕭水不好意思地點點頭。

「我說就是呢。」指導員高興地挺直腰：「咱們準備讓你做五班副班長。這是組織上的決定，也是對你的信任。」

突如其來的任命，蕭水不知所措，只得答應：「服從組織安排。」

連長一旁聽了，忽然笑了，說：「你的名字有水，你怕水嗎？」

「不怕，我會游泳。」蕭水回答。

「能跑嗎？」連長又問。

「我會踢足球。」

「嗯。」連長似乎很滿意：「我們有任務，也許用得上。」

沒過幾天，夜裡突然下起了大雨。嘩嘩地吵了整晚。可是早上起來卻藍天如洗，陽光燦爛。

早飯後，蕭水、沈胖被叫到連部，西排房前的空地已聚集了一些同學，都是些身強體壯、喜愛運動的夥伴。

連長穿了一身洗得發白的軍裝，紅色帽徽領章鮮豔透亮，合身的軍褲勾勒出那強健肌肉的漂亮弧線。他身後跟著三排長。

在三排長的口令下，學生們排隊成行。

「嘿！小夥子們！」連長骨碌著眼睛，打量著每一位：「想不想開葷？」

「想！」小蔡脫口而出。

「哈哈……」大夥轟地笑起來。小蔡這才明白過來，開葷的另一層意思，頓時臊的臉通紅。

連長憋住笑，故作嚴肅說：「都是書生呆子，想像力別太豐富！做和尚才沒幾天，就胡思亂想。我說是的出公差。」

出公差？學生們一時摸不著頭腦，全愣在那兒。

「別怕。」連長解釋道：「沒讓你們去打蘇修。只要能跑會跳就行。每人拿根棒子，出發！」

那個年月，大學生伙食標準一個月十五塊五。勻著點兒，天天能吃到肉絲，肉片什麼的。到了部隊，按戰士標準，裝甲兵每天四毛五分。照理與大學生標準相差不多。可實際上卻差多了。大米白麵還是有的。菜就只有素的了。要想給肚子裡灌點油水，不靠爹不靠娘，全靠毛主席的教導：自力更生。除了養雞、養羊、養豬外，還要返回原始社會，出門捕魚、打獵。

今兒個就是去打獵。下了一整夜的雨。葦子灘的水漲起來了，平時乾乾的草地現已被水淹到沒腳脖子深，走起路來嘩啦嘩啦地響，且十分吃力。人是如此，兔子也一樣。

小夥伴們出了營房，一踏進蘆葦蕩，連長立刻變了樣，眼睛亮了，話也多了。他找到一片開闊地，站在最高的土崗上環視四周，他彷彿又回到了訓練戰場。他點燃煙斗叼在嘴裡，命令學生們散開來，踢著水，儘量發出最大的響聲。這是一個打草驚蛇的伎倆，本來就被水淹得心神不定的兔子聽到突如其來的趟水聲更是嚇暈了頭，連忙不假思索地拔腿就跑。它沒想到，往常的旱地軟草，它可以一眨眼地跑得無影無蹤，人類絕對望塵莫及。可眼下水沒草根，跑起來有阻力，且有水聲伴隨，人們很容易就發現兔子的蹤影。接下來就看誰有耐力了。兔子趟著水速度極受影響，也不能長久，加上人們群起而攻之，圍追堵截，兔子連驚帶嚇，不一會兒便精疲力盡，四腳不聽使喚了。再碰上個手腳利索的後生，一棒子打下去，不死也得昏。

蕭水他們照著連長的命令，相互保持距離，扇形排開，用腳劃拉著水，盯著水面仔細搜索。

突然一隻被驚起的兔子踩著一連串的白色水花，飛竄逃亡。學生們幾乎同時喊了起來，幾十條光溜肉肉的長腿在水面上「撲通，撲通」地狂跳，朝那串串白色水花圍去，頓時水面激起的水珠子四處飛濺，顆顆映著藍天晶晶瑩瑩地閃閃發光。那串白色水花不斷地改變方向，可惜總是甩不掉後面那群「餓狼」。不一會兒，白色水花減慢了速度，「餓狼」們卻跳得更歡了，攆得更快了，有人幾乎踩到了那串白色水花。「打呀！用棒子打呀！」三排長急叫。最前面小蔡這才想起手裡的棒子，忙不迭地掄圓了砸下去。「啪」的一聲，水花迸起，卻沒了兔子。正當人們遲疑著，說時遲，那時快，白色水花又突然激起來，且更快地向前竄。「操！」小蔡惱怒地罵一聲，一步躍上，棒子轉輪似地劈下去，這回他看到成果了。兔子在水中痙攣著，水波顫抖。

「烏啦————」同學們歡呼。

「不要紮堆兒！」連長喊道：「三人一組，分開找！」

喊是這樣喊，學生們見了兔子，早忘了連長的指揮。水花一濺起便一窩蜂地追上。氣的連長在崗子上跺腳發火：「還有組織性不？命令當飯吃啦！」嚷嚷了一會兒他忽然明白，現在他手下的不是士兵，而是一群自由散漫慣了的大學生。於是他低聲罵了一句：「這幫子土匪！」平下氣將煙葉仔細填滿煙斗，吱吱地抽起來，眯著眼睛默默地看著這群不聽話的學生。

一會兒，黃蜂一樣的學生圍著一隻兔子又追趕起來。兔子大概覺得學生那邊突圍無望，竟朝著連長這邊沖來。連長不慌不忙撿起棍子擺了個投槍手姿勢，瞄了瞄提前量，「嗖」的一聲，棍子標槍般的直向兔子飛去，不偏不倚正插中水花頂端棕色身體。水花飛散了一下，接著又恢復成一條線。不過此時的兔子明顯減低了速度，變得一瘸一瘸。接下來瘋狂的學生輕易地追上，一頓亂棒，兔子四腳朝天。

沈胖提溜著兔子耳朵，興奮的嚷嚷：「連長！神槍手喂！絕活！震了嘿！」

「什麼震了嘿？」三排長不懂。

「就是蓋了帽了。」

「啥啥？」三排長更不懂了。

學生們哈哈笑起來。

「就是棒極了。」蕭水急忙解釋。

三排長咧著大嘴還是不明白：「說啥呢？」

葦子灘一時間成了人們歡騰的殺戮遊樂場。兔子一隻接一隻地成了棒下的冤魂。學生們被這不曾想像的輕易到手激發得更加亢奮起來。兔子是前仆後繼地逃亡著。人可是原班人馬，沒有新生員換班。頭一次的興奮毫無節制地發洩出去，沒多久，再好的體力也像電池般地消耗殆盡。看著眼前逃命的兔子，漸漸地有點兒力不從心了。

學生們紮堆攆兔子，其實還有一層心理。眾人在一起做同一件事情就有偷懶的機會，跑累了，站著歇會兒，並不影響大局，反正還有人在追。兩三個人追兔子落伍一個，剩下兩人幹這事就有點兒吃力。蕭水一開始還按著連長的命令拉了兩同學成一組。沒多一會兒那兩個同學似乎明白了什麼，追著追著就混到大群裡了。害得蕭水眼看著兔子撒歡跑，只好一人孤軍奮戰。

蕭水追逐這只兔子已有兩支香煙的功夫了，相互之間的距離既沒擴大，也沒縮小。兔子當然想逃得遠遠兒的，躲過這滅頂之災。只是一個上午的大逃亡，四腳已不大聽使喚了，草上飛的那股勁兒逐漸蛻變為跌跌撞撞的「醉漢」。而蕭水其實跟兔子差不多，兩條腿雖長，步子卻越邁越像搗蒜瓣似地亂了方寸。長時間的趟水，兩眼開始冒金星，嘴巴張得大大的象只跑累了的狗哈哈大喘氣。前面的兔子放慢了腳步，竄兩下停一下，最後索性蹲在那裡不動了，只有胸脯急劇地起伏。而蕭水艱難地移到伸手能夠著兔子的距離時，卻也耗盡了氣力，不想再邁一步。他用棍子撐住身體，呼哧呼哧嘴里拉著風箱，啞著嗓子，斷斷續續呼喚：「抓，抓，抓住它……」。奇妙的畫面凝固了，兔子，蕭水誰也無力改變現狀，近在咫尺地僵持著，你看著我，我看著你，一秒，兩秒，三秒……突然蕭水背後爆發出一聲長嘯，一條黝黑的背影越過蕭水撲向兔子。「轟隆」一陣水花翻騰，蕭水才看清那人是三排長。可等他水淋淋站起身子，兩手卻空空如也。

「咦？兔子呢？」三排長抹去臉上的水，四下張望。

蕭水仍伏在棍子上，喘著氣左右搜尋。水面漸漸恢復平靜，就是沒有兔子，難道它飛了？

已沒有眼冒金星的蕭水視力開始敏感起來，餘光中感到三排長身後不遠的水面上有一異樣的灰白顏色飄抖著。蕭水偏過頭抬了抬下巴：「那是什麼？」

三排長回轉身子彎腰從水裡拎出那灰白東西。哈！原來就是它！此時兔子已沒了生氣，任由三排長攥住後腿倒掛著。它的心臟經受不起三排長的驚嚇，在它用盡最後的力氣跳離危險時崩裂了。

廚房裡終於飄出肉的香味。飛奔的兔子變成了一塊塊饞人的大肉。

小蔡沒有吃，說想起活蹦亂跳的兔子讓他打成那種慘樣，他吃不下。說這話時，薄薄的單眼皮不斷地眨著。

「魚你吃不吃？」連長歪著頭看著他。

「那還可以。」小蔡垂下眼睛，怯怯地說：「別讓我殺。」

「過兩天，我帶你去摸魚。」連長安慰道，並拍拍他的肩膀。

葦子灘的旱地裡佈滿了小水溝，齊腰深。有的通往水灘，有的與水灘無緣。奇怪的是，不管通與不通，都有魚。

這回，不甘心寂寞的女生們也跟了去。站在溝坎上幫助收集男生們從河裡扔上來的魚。

岸上唯一留下的男性是一排長。

一排長身材不高，四肢倒也勻稱，初中畢業，是戰士中的「知識份子」。永遠乾淨的軍裝，無皺的綠褲子，一塵不染的白襯衫，軍帽端正地戴在頭上，紅星上面的帽縫仔細捏成略微高聳的齊線，很像大蓋帽的帽簷。白淨圓臉一雙溜轉的黑眼珠。他很得意自己的長相，因為和潔淨的軍裝很般配。

他倒背著雙手，插在嘰嘰喳喳的女生群堆裡，心安理得扮演他的角色——監工。

連長、三排長帶著男生上身脫個精光，下身只剩個內褲頭。撲通撲通跳下河溝。蕭水猶豫著，下身的長褲拉在手裡澀澀地退下。沈胖在水裡狗刨，一歪頭從水珠子四濺的縫隙中看見蕭水，忽然哈哈大笑差點兒嗆著水：「快看那！蕭子的褲頭是花的！哈哈！花屁股！」頓時溝裡溝外的視線全聚焦在蕭水的下身。果然白底大朵紅花綠葉的褲頭在陽光的直射下顯得格外耀眼。這是媽媽用碎布頭縫製的，反正穿在裡面沒人看，省著點吧。沒成想今天光顧著摸魚的興奮，把這茬兒忘記了。這下鬧得蕭水羞慚得無地自容。

三排長咧開嘴露著雪白的大牙，也開心地笑起來，一邊撩起水往蕭水身上灑，一邊連聲呼叫：「快下來，快下來，別讓人瞅了！」蕭水這才迅速脫下長褲，隨手一甩，急忙鑽進水裡。

褲子不偏不倚，正巧落在陶延的腳下。這個短髮姑娘俯身撿起褲子，拍拍灰，仔細地疊好放在乾燥的高處。

蘆葦灘裡的魚不用釣也不用網，下水摸就行，真正的渾水摸魚。

「摸過魚嗎？」三排長胸下浸在水裡，慢慢靠近蕭水。

蕭水搖搖頭，機關大院裡淘氣的事兒幹過不少，但不包括下水摸魚。

三排長向著岸邊移去，回頭對蕭水說：「魚兒歡喜朝陽的岸頭溜邊，這些蘆葦棵子呢，它最喜歡呆。你要悄悄靠近，兩手慢慢圍攏，等快貼近棵子，要『嗖』下壓住。等感到有東西蹦躂，那就是魚了。記住按下去時要快！」

蕭水照著三排長的吩咐，有樣學樣的試著。他那一副心誠認真的樣子，惹得一旁的三排長不禁有點兒喜歡上這個白淨的書生。蕭水不吵不鬧，說話文氣，幹起活來仔細，就是慢了些，但為人實在，顯得老實，學得也快，這是咱老家村兒裡最招人喜愛的學生。

讓他自個兒玩兒吧。三排長回轉身，黝黑錚亮的背脊在水面上一閃，便沒入渾濁的河裡，許久才在遠處竄出頭。

蕭水飄浮在水中，單露出頭，輕輕地移動，儘量不要有聲響。在向陽的壩邊用眼光搜索著從水裡冒出的一叢叢蘆葦嫩枝。揣摩著摸魚的動作，漸漸他心裡有了底。摸魚這活技術含量不高，是個喜歡玩的男孩子沒兩下就很快上手，剩下的就是積累經驗了。蕭水雙手慢慢向水裡的草根攏進，在即將觸到草根時迅速按住，有時就會感到有一個小東西在手下掙扎蠕動。他沒有馬上抓住，而是判斷那是魚還是別的，因為前幾次按下去並非都是魚，也有癩蛤蟆在你手中蹦躂，這可是個很噁心的事。蕭水感到小東西的掙扎很有彈性，這是魚的特徵。於是果斷用力抓住它，制住它的掙扎，小心舉出水面，一條小魚在陽光下正閃動著銀色的魚鱗。

「蕭子抓住一條！」陶延在岸上歡呼雀躍，使勁地揮手示意蕭水將魚扔到她那兒。蕭水手一揚，魚兒從天而降，摔在草地上翻滾掙扎。

蕭水浮在水中得意地看著女生們在草地上又叫又跳。能親手抓住活蹦亂跳的魚是一件非常愜意的事，輕而易舉的成就激起了蕭水極大地摸魚熱情。他繼續沿著壩邊搜索著，腳下輕輕地移動，忽然在軟軟的河床中有一泥塊硌在腳心下。蕭水停下來，眼睛望著天，心裡猜測著。魚？還是泥塊？據三排長介紹鯽魚鑽在泥裡死硬死硬的，很像泥塊。蕭水用手試探順著腳脖子向下摸去，泥塊沒有反應，再小心攥住它移出水面，粘粘的、黃乎乎的分明像是塊泥巴。蕭水松下心，準備再看仔細。不料泥塊卻突然一扑楞，從手中迅速彈出。是魚！但為時已晚，蕭水眼睜睜地看著半空中的鯽魚搖擺著尾巴向他道別，然後一個猛子鑽入水中，再也無蹤跡。蕭水懊惱地使勁拍著水面，口中罵著，懊惱一個大活人竟被小小的魚兒耍了！

無奈的蕭水只好重新蹲入水中，雙手搜索水草根部。這回他格外用心，生怕錯過躲在裡面的魚兒。哎呦，這是什麼玩意兒？他的手指觸摸到一張扁扁的，圓圓的大嘴，該不是癩蛤蟆的嘴？不象。鯰魚？不敢肯定。桉刺魚也這德性，這倆種傢伙都很相似，就是鯰魚嘴邊有須，而桉刺魚則沒有，但它卻有刺鰭，沒事時刺是收起，生氣了或遇險了便突地支楞開，刺鰭還帶有點點毒素，要是傻不拉幾攥住它，可就上大當了。沈胖剛才就漫不經心抓住條桉刺魚沒放手，結果那刺兒突地張開紮在他肉裡，痛得他呼天叫地恨不得一口咬下手心那塊肉。這不，現在還在那邊絲絲哈哈冒冷汗呢。蕭水不敢大意，手指順著嘴向兩邊摸去。奇怪的是魚兒竟然毫無反應，任憑蕭水撫摸。有鬚子！鯰魚已是確定無疑。蕭水下狠心使勁兒抓住魚頭。好大的魚頭！他不敢鬆勁死死抓住提出水面，好傢伙足有一兩斤重！魚兒這時才明白死到臨頭，拚命甩尾巴。

「哈！看！我抓了一條大魚！」蕭水忘乎所以地將魚舉過頭。空中肥碩黝黑的魚身晃動著引來水溝裡一片驚呼。連長正坐在壩上過煙癮，聞聲轉過頭，不禁樂得差點吐掉煙斗：「還是花屁股有福啊！抓住它不要扔，走上岸來。」

蕭水站在水中猶豫著，他一時摸不清連長是在指導他還是別有用心。這時陶延微笑著拿了把長杆子漁網兜跑過來，將網兜伸到蕭水的胸前。蕭水順從地將魚放進網兜。

那邊廂沈胖看見漁網兜裡的大魚，立馬忘了手裡的痛。震了嘿！蕭子也能抓大魚？我這摸魚老手也得給他顏色看看。沈胖小時候是在農村長大的，摸魚對他來說並不陌生。不一會兒他抓到了，卻是一條小魚。沈胖失望地攥著小魚，看見滿天紅也在那兒撥拉著大魚，便起了壞心眼，手一揚小魚飛也似地直奔滿天紅的胸脯而去。沒成想這個機靈鬼反應極快，當感覺有東西襲來，她一側身子，魚就從她身邊飛過，卻將倒背手的一排長砸了個正著。潔白的襯衫頓時多了塊濕印。

「幹什麼！」一排長臉色漲得通紅，心疼地急撣突來的汙跡，咬著牙恨道：「沒有眼睛麼你！」

「向毛主席保證，我可不是故意的。」沈胖縮在水裡，急聲辯白。

滿天紅吃吃地笑了起來，掏出手絹就往一排長胸前擦：「好了，這壞小子是沖我來的，偷雞不著蝕把米，您別見外。」

一排長見滿天紅的手伸過來，臉更紅了，急忙側身躲開，磕磕巴巴地說：「我自己來，我自己來。」

摸魚不像抓兔子那樣需要壯健的體魄，會游泳就行。所以摸魚大軍混進了些深諳水性的教師。區賢德就是其中之一。別看他個子矮，卻也壯實，圓滾滾的身軀直挺挺，走起路來兩隻胳膊劃來劃去活脫一隻企鵝。不過他不是來自南極，而是香港。

南方人孩童時少不了下河戲水。區賢德在水裡還真像個企鵝，竄來竄去好像一輩子就活在水裡。他魚蝦通吃只只不放手。

三排長覺得奇怪便向區賢德討個究竟。

「你們就喜歡吃魚，不知道蝦更鮮！」區賢德將蝦舉到三排長眼前得意道。

「這蝦只要白水煮一煮，就很好吃。」滿天紅在岸上插嘴道。

「還用煮啊？」區賢德的嗓門大大的：「現在就能吃！」說著他熟練地將蝦活剝皮，趁著蝦還蹦躂著就往嘴裡送。

「啊！」全場人都倒吸口氣，驚呆了。

「你們廣東人生吃蝦？」一排長忘了身上的濕跡，眼睛睜的溜圓。

「是啊。」區賢德道：「活吃才是最鮮。」他一邊說一邊津津有味地嚼著。

葦子灘水很多，一點兒不稀罕，只是不能喝，太鹹。部隊農場花了不少心機才在場部打了一口機井，據說管子鑽地二百米才探到勉強能喝的淡水。散落在場部周圍的各連營地全都靠這口井活著。

蕭水他們的營房離場部有二十分鐘的走路距離，全連吃用的水，就是靠人從那裡用水車拉來的。五、六個壯大漢忙活一整天才將營房入口處的那只半截入土的大胖水泥管子灌滿。而第二天，水泥管又底兒朝天。所以連裡每天都有拉水的任務。

一架膠皮車輪排子車上面躺一隻粗腰胖大嫂似的汽油桶就是載水的運輸工具。人們圍著它有駕轅的有拉繩的浩浩蕩蕩在營房和場部之間的小路上拖來拖去。晴天通往場部的小路土疙瘩硬的像石頭，雖硌腳但拉起水車來十分爽快。膠皮車輪合著赤膊大漢們的腳步蹦來蹦去，汽油桶和排子車的顛簸聲，桶內稀裡嘩啦的水漾聲撞向寂寞遼闊的雲天，歡快得像個放學的小學生。可遇到雨天那就慘了，「石頭」遭水一澆頓時化作爛泥，小半個車輪陷在泥裡，那水車不叫拉車，簡直是拖車，七八條大漢十幾條裸腿插在泥裡齊聲喊著：「一、二、一、二！」水車就像蝸牛行步扭著身子慢慢移。等到營房點燈了，水泥缸裡才勉強灌進大多半的水。

拉水是個苦差事，可是和整日蹲在房間裡捧著個「毛著」，師生們寧可玩這「苦差事」。

那天正好輪到蕭水他們班拉水。三排長抬頭望著雜雲亂竄的天空，敲著手中的圓珠筆擔心地對歐陽丁說：「日娘的龍王爺要上天攪合攪合了。你們最好就穿個褲頭再套件雨衣吧。我覺著這雨小不了。」

老夫子領著蕭水、沈胖他們七八個壯勞力出了營房豁口，一陣陣微風夾裹著雨腥味迎面撲來，令悶熱了半天的大夥們頓感清新涼爽，自然深深地吸口氣將肚子裡的污濁味趕出。排子車馱著汽油桶只需一個人駕轅便在硌硬的小路上歡蹦亂跳。風越刮越緊，一股黑煙似的烏雲騰空翻滾著從東南面潮水一樣氣勢洶洶展開，吞噬著零散的雲塊和偶露的藍天。一會兒從黑雲底部慢慢被一隻無形的巨手撕扯下一縷縷灰的、黑的雲絲，絲絲拉向大地，模糊了地和天的邊際。巨大低低的雲層壓抑著人們的心，而寬闊的葦子灘和彎曲的小路在黑煙的雲層襯托下卻忽然顯得亮堂起來，它預示著一場不知深淺與何等兇猛的暴風雨即將來臨。老夫子感覺不妙，上前奪過車轅一溜地急步小跑。等汽油桶裡裝滿水，從場部出來，頭頂的烏雲已黑得像鍋底，前一陣子還是半邊天，這會兒一眼望去，茫茫葦子灘上空除了黑再也見不到別的什麼顏色了。醉醺醺的蘆葦叢支支葦葉沉沉甸甸，伴著黑雲換成了墨綠墨綠的顏色。通往營房的小路，向前望去也已被黑色塗得模糊不清。

「嘿！蕭子。」沈胖喘著氣碰碰旁邊的蕭水：「打小沒見過這陣勢哎，黑的怕人！」

蕭水抬頭沖著天空說：「好好給我記住哈，回家畫記憶畫，這要是用水彩濕畫法多抹點水，大筆一揮，准震的沒話說！」

「這黑的沒顏色，沒勁，不好玩。」沈胖不屑抬頭，仍低頭拽著繩子走路。

「瞧畫家說的。」老夫子插嘴：「這場面人生難得經歷一回，留心瞧仔細了，以後就是財富。」

「我說老夫子，大小你也是個搖筆桿子的，也應該回家記個速寫什麼的吧。」沈胖反過來教訓。

老夫子尖聲笑了起來：「你還想讓我挨批鬥啊，不寫光明寫黑暗。」

「嘿！真的哎，蕭子不安好心，他自己不畫讓我畫，給我下套啊。」沈胖又把矛頭轉向蕭水。

「好心當驢肝肺……」蕭水話還沒說完，風驟然隱沒，緊接著蠶豆大的雨點冷不丁一個接一個砸在地上，「劈啪」震心。雷聲穿過雨點從天邊滾過頭頂，「轟隆，轟隆」壓在人們心頭，一股莫名的恐怖油然而生。劈裡啪啦的雨點砸了一陣子又像來時一樣，嘎然而止，連帶著空氣緊縮成一團，窒息著人們。蕭水半透明的灰色雨衣裹著肉體顫抖著，渾身的汗不停地往外湧。他斜眼瞅了一下老夫子和沈胖，剛才那股輕鬆勁兒早已無蹤影，似乎也被這可怕的寂靜所震攝，忘了汗珠在臉上流淌，只顧埋頭拉車。蕭水再抬頭，天已變臉，一股綠陰陰漸淡且透明的青雲緩緩擴散開來，翻卷著好像一座地獄之門張開大口向你壓來。天底下的葦子群全都驚恐呆立不動，惶惶然不知怎樣應付這即將到來的厄運。蕭水閉上眼，扯緊了繩索等待著，就聽得背後一股狂潮聲響由遠至近襲來，還沒等轉身，狂風卷著瓢潑大雨轟鳴著鋪天蓋地傾泄下來，重重地砸向拉車的一夥，蕭水不由得踉蹌一跤，差點跪在地上。雨水象巨浪一樣呼嘯淹過，天地頓時混沌一片，白濛濛霧殺殺，葦子頃刻全被雨浪吞沒，小路也只剩下腳前幾步。土路剛才還堅硬如鐵，現在早已癱軟成泥。水車膠輪陷下一半，車身底座貼在污泥中劃出深深的痕跡就象逆水而上的木船在泥漿水裡艱難爬行。七條繩索此時繃得緊緊，人斜插在泥濘裡挺成小角度，猶如河灘的縴夫。突然天光乍閃，像巨大的電火花照亮大地，驚天崩裂的雷聲驟然穿過雨霧劈下來，猶如天神巨炮發射，「轟隆」一聲震得人心一顫，緊接著又是一串炸響，壓過風雨的狂嘯，震耳欲聾地在上空滾來滾去，大地又是為之一抖。旋即豪雨毫不示弱愈加狂呼亂舞反撲過來。雨象決了口的洪水從天而降，勁風又卷起水花騰空飛旋，形成密集的「彈」雨從東南西北、上下左右、四面八方猛射過來，隔著雨衣那雨點的衝擊力就像冰雹一樣砸在身上生痛。雨衣被狂風隨意地撕扯著，已起不到防雨的作用，人們渾身上下流淌的是雨水還是汗水已根本無法辯清。暴雨和狂風象千軍萬馬在你的周圍喧囂著，踐踏著，衝擊著。寂靜了一會兒的雷公喘口氣閃著電光又轟轟烈烈捲土重來。千鼓重錘擂動，隆隆與暴風雨交相共舞。天上地下轟雷不止，豪雨狂瀉，風摧萬物，地動天搖，那陣勢毫不掩飾地表明它要吞噬掉這無助孤零的水車和狂跳亂舞的雨衣。

「啊！讓暴風雨來得更猛烈些吧！」有人仰頭高喊。這是高爾基「海燕」詩裡的一句名言，用在這兒倒挺合適。

「在蒼茫的大海上，狂……風……集卷著烏雲。在烏……雲和大……海之間，海燕象黑色的閃……電，在高傲的飛翔！」沈胖緊接著應和，只是句子太長，被風雨打得七零八落。

老夫子和蕭水他們默默地聽著，依舊低頭竭力拉車。任憑磅礴之雨把你埋在狹小的空間內。人就是有點兒奇怪，當老天爺揮舞可怖的黑色烏雲即將撲向你時，你會由然產生一股未知的恐懼感。因為你不知道將要發生什麼，天崩？地裂？或許還有一些平時意想不到的稀奇古怪的厄運也都在等待著你？儘管你相信再怎樣的暴風雨也摧不毀一成不變的葦子灘、小路和你熟悉的營房。但你的心還是宛如懸空，惶惶然不可終日。可是當如狼似虎的暴風雨肆孽了一陣子，你卻發現也不過如此，心境反而淡定了許多。隨你欺嚇吧，老子破罐子破摔，你又能怎樣？

果真，風雨暴怒了好一會兒。見水車和灰色雨衣不理不睬，依舊堅韌地向前移動，絲毫沒有慌亂的跡象，頓覺無聊，只好收起電鈸雷鼓，漸行漸遠，終於隱沒在濛濛的灰雲後。

天亮了，風弱了，雨稀了，蘆葦叢露面了，綠色的葦葉像是剛出浴，鮮亮鮮亮的，大地又恢復到平日的祥和。泥濘小路的盡頭，清新的草泥營房安然橫陳在土壩上。兩個一紅一白的雨衣人點綴在營房豁口，她們是陶延和滿天紅，正焦急地遠望著渾身塗滿泥漿的灰色雨衣們。

第二章

蕭水坐在馬紮上，背靠著炕沿兒手裡捧著一本毛主席語錄。已是深秋季節，北風開始頻頻造訪這無遮無攔的葦子灘。保溫性能遠超磚瓦結構的草泥房發揮它特有的優勢，厚厚的北牆令冷空氣與室內絕緣，用不著生火，屋內還是溫暖如春。

馬紮是三排長做的。蕭水晚到，不知下部隊必須自帶馬紮。三排長跑到場部木工房找了些廢料乒乓乒乓兩下子，一個結實的馬紮就成了。雖然按美術家的眼光看，並不悅目，做工雖細，木頭顏色怎麼就不搭配好看點呢？這讓蕭水怎麼看都有點彆扭，但畢竟是人家的一片心意，謝謝都來不及，你就別窮講究了。

馬紮是用兩個略長方形的木框交叉成立體「X」型，上部繃上幾條帆布帶，撐開就是個矮凳，合併可以方便攜帶，它小巧靈活是部隊戰士們學習、開會的必備之物。

蕭水對面是老夫子，同樣坐在馬紮上肩靠床沿兒同樣捧著本毛主席語錄。蕭水背後白墨坐在炕上倚著隔斷牆，老花鏡幾乎要從鼻頭上掉下來，半睡半醒的臉對著紅寶書不知是看還是……沈胖盤腿打坐一副胖和尚樣戳在炕中央，紅朔皮的毛著攤開在腿上，做閉目沉思狀，不時嘴裡還嘟囔著什麼。

這已是好幾天了。自從田裡的稻子黃了後，大學營的師生們又回到了農田裡。割稻、收稻、脫粒、揚場、打包、紮捆稻秸，連串的工序天天緊張的喘不過氣來。催人的快節奏生活，日子就像特快列車「轟隆隆」一下就過去了。等打稻場裡最後一捆稻秸裝上車，最後一縷夕陽收了工，農場立刻靜了下來。熱血沸騰的師生們又老老實實回到了草泥房裡坐下來，手捧紅寶書，不曉得這日子如何打發了。連裡下達的任務就是學習，強調深讀毛著清理思想，加強階級鬥爭觀點。至於今後做什麼，沒有說，好動的學生有點兒不耐煩了，毛主席的話車軲轆翻轉，瞧得一點兒新鮮感都沒有，這樣熬下去幾時有個奔頭？

沈胖忽然睜開眼，臉轉向白墨：「哎，白老。」白墨沒反應。「哎，哎，白老！」沈胖提高了嗓音，像是在叫醒什麼人。白墨哆嗦了一下，渾濁的眼睛張大：「做什麼？」

沈胖咯咯笑起來：「真不好意思，打擾了。您上回說曹操東臨碣石的那塊岩石沒了？是真的嗎？」

「是啊，哪個岩石不結實啊。」

沈胖一時沒回過神兒來：「什麼岩石啊，結實啊？」

「你不是講結實的那塊岩石嗎？」

「我是說曹操東臨碣石的那塊岩石沒了，是真的嗎？」

「哦，你說的是格樁事體（上海話：這件事）。對，都是這個樣子說，六朝時就沒有了。」

「那碣石山呢？」

「這個嘛，有爭論。有人說碣石和碣石山是兩樁事體（上海話：兩件事）。碣石山在昌黎縣境內，碣石……」

「我看曹操登的就是碣石山」老夫子差點笑噴出來，忍不住插嘴道。

「哎呦，老夫子，您不學毛著啦？」沈胖戲謔道。

「這不是在學嗎？瞭解背景，更能體會偉大領袖毛主席詩詞的深刻意義。」

「說起學毛著，這成天介捧著本書算什麼呀？」沈胖認為老夫子是班長一定知道些什麼內部消息，便探身問道。

老夫子撓撓頭，額頭上的三條紋又皺起來：「我也不曉得，就知道排長連長他們也在學習。」

「北風來嘍。」白墨忽然插上一句。

老夫子若有所思地點點頭。

沈胖不解：「什麼北風？蘇修又要打過來了嗎？」

「是呀。」老夫子說：「要備戰了。」

「備戰？」沈胖更不解了。

場部辦公室，雖然也是草泥坯搭就，但要比下屬連隊的營房寬大許多，屋子中間擺了一張乒乓球臺子，球網已拆下，現在權當會議桌。靠南窗下大號的兩頭沉辦公桌[1]，佔據了房屋的一角，背後靠牆豎著一排一人多高雙層對開門的木櫥櫃。兩頭沉辦公桌空空如也，就一隻茶缸子。下午的陽光將這只粗大帶蓋兒軍綠色的搪瓷茶缸照得晶亮，缸子的背光處有一行暗紅字：最可愛的人[2]。

乒乓球台有三面圍坐著十來個軍人，都是各連的連長、指導員還有營部的文書們。剩下的一面緊靠兩頭沉，只有一把椅子，空著。那是場部最高領導白教導員的。會議剛開了一半，白教導員被後勤組叫了出去，還沒回來。

缺了教導員，辦公室的空氣一下子寬鬆了許多，濃烈的劣質香煙味兒和煤球爐的焦油味兒讓人也感到還有誘人的一面。人們伸了伸懶腰，一幫子久未見面的戰友們沒幾句話就相互打起葷來。這位說瞧你那瞌睡樣兒，許是老婆來了吧？那位說，可不，我還想請示一下教導員哩，能不能在場部借給我一間啊，連裡太小，晚上叫一

1　兩邊都有疊層到地面的抽屜。

2　中國人民志願軍的暱稱。

聲，滿院子都聽得見呢，老婆不高興呢。另一個插嘴：鰌（qiu，河北土話，縮成一團）著吧，老婆還認識你？不一腳把你踹出門外？

三連連長似乎對他們的葷段子話不大感興趣。正低頭擺弄手裡的煙斗。這只煙斗有點不尋常，比一般的大一號，油亮油亮的，自然而委曲的木紋如行雲流水，誰見誰都會愛不釋手。這是他從區賢德那兒「搶」來的。學院沒來部隊農場之前北京流行一陣自作煙斗風。從遠郊區刨出幾個樹根，當然最好是梨樹的，選好根結，鋸成粗摸再清洗乾淨，鑽孔挖洞，精修打磨，樹根中漂亮的花紋便浮現出來。然後，再反復上油，耐心細磨，那紋路更顯清晰光潔，如翠玉晶瑩透亮，胖胖圓潤的煙斗就顯得格外高檔。其後再找路子從有關工廠里弄點有機玻璃澆模成透明的煙嘴，兩相合成，一隻絕代煙斗誕生。區賢德不抽煙，卻手巧，喜歡鼓弄點什麼，見人家做的煙斗漂亮，手癢也跟風做了兩隻。那天見連長抽煙斗，便拿出來顯擺顯擺，誰知連長一見立刻眼紅，奪走一隻還說：「你又不抽煙，太浪費了。」

白教導員從後勤組出來，沒急著回辦公室，背著手慢慢溜達。他腦子裡翻騰的不是後勤組那些芝麻穀子的爛事，而是前兩天上面剛剛下達的文件。白教導員身材魁梧，滿臉疙瘩肉，看得出是摸爬滾打練出來的軍人。早年大比武成績不錯，受到上級青睞。可他卻不是個大老粗，有著天生的政治嗅覺，和平年代啦，那點兒武藝頂屁用，如今嘴巴才是晉升的武器。沿著這條思路，幾經倒騰，他竟當上了教導員而不是營長。這次上級交下來管理大學師生任務，他就預感到此非平常之舉，定是有意圖的。可是近半年的水稻農田活兒曾讓他一度懷疑自己的揣測能力，情緒低沉了好一陣子。這回的紅頭文件猶如底牌陳露，他為之一振。原來如此，他的推斷並沒有離譜。上級沒有忘記他，而是為了培養他特地下的一步高棋。他當然不能輕易放掉送來的機會，這回我要打一場漂亮的殲滅戰，證明我是塊料！

白教導員推開辦公室的門，裡面的喧嘩立刻靜音。白教導員不做聲，走過兩頭沉順手拿起搪瓷缸子，在他的專座那面站住。一個文書趕忙接過搪瓷缸子換上熱水。白教導員沒理會，眼睛掃了眾人一圈。

「你們都給我聽好了。這次清查『516[3]』反革命集團運動不是小打小鬧。是一場沒有硝煙的階級鬥爭攻堅戰。」白教導員的語氣堅定，不容置疑：「戰場上誰要是孬種！到時別怪我冷面無情！想不孬就看你們對待階級敵人的態度、立場是不是堅定！現在的敵人不是以前戰場上的敵人，『壞人』倆字兒都寫在臉上。現在的敵人

---

3 中共中央曾於一九六六年五月一六日發佈一紙通知（簡稱516通知）。此通知被譽為無產階級文化大革命正式開始。所謂的「516反革命集團」就是以此通知為命名的某一個團體被打成反革命集團。

都是披著人皮的鬼！你得撕下那張皮才看得清他是誰。所以階級鬥爭是不可想像的複雜！」白教導員停頓了一下，繼續說：「這次運動仍然繼承我們解放軍的優良傳統。第一步，武裝思想，學習毛著加強階級鬥爭觀念。學習要學透，學深，不能馬馬虎虎走過場。林副主席說打仗要四快一慢，這一慢就是準備工作要慢，寧可多花一些時間去準備，上了戰場損失就會減少。我知道你們一學習就打瞌睡。下回誰要是學習再打瞌睡，我就用錐子紮你！」白教導員的話音一落，檯子三面的人有的揉揉鼻子，有的撓撓頭，都不好意思地笑起來。

「第二步。」白教導員咧咧嘴：「毛主席教導我們，誰是我們的敵人，誰是我們的朋友，這是革命的首要問題。搞運動也一樣，首先要在大學營裡進行階級排隊，敵、我、友都給我捋順。再說一遍，階級鬥爭是不可想像地複雜！你別看這些學生老師個個老實巴交，對你笑眯眯。不定誰就是拿刀的階級敵人！是睡在我們身邊的赫魯雪夫！嗯？！這根弦兒要繃緊！我知道過去幾個月你們和這幫子知識份子們混得不錯。有點感情了吧，是不？但現在要搞運動了，我們就不能只顧情面象小娘們兒似的扭扭捏捏。毛主席說革命不是請客吃飯，希望大家站穩階級立場不要辜負黨和營部的期望！給我抓幾條大魚出來！散會！」

軍人們起立收拾了檯子上的筆記本，準備回各連隊。

「三連的人留下，我有話說。」白教導員回身坐在兩頭沉旁，喝著茶。

連長和指導員趕忙過來。

「你們那兒有個叫張布的學生？」

「是的。」指導員挺直身板兒，快速回答。

「從上面轉來的材料看，這個人是學院群眾組織的頭頭。工宣隊曾審查過他。現在看來不徹底，還有挖頭。營裡準備把他弄到場部來敲打敲打，你們和小文書合計合計把這件事辦了。記住，階級鬥爭不可想像地複雜！小心，不要驚動別人，保密第一。」

在回連部的路上，指導員顯得有點興奮，也不管連長聽不聽，直起嗓子感歎：「這個冬天有大戲看啦！嘿嘿，白臉紅臉都給我扯了，看看你們到底是個啥模樣！」連長背著個手，也不回應，似乎對快要落地的太陽感興趣，他眯縫著眼睛看著沒有熱力的紅蛋黃。柔和的陽光將蘆葦塗了一層暖暖的金色。兩個人的影子在葦子地裡拖的老長老長。

兩天過去了，三連連部沒有動靜，師生們也是從早到晚學毛著，似乎日子就應當這樣過。反正快入冬了，農場啥活也幹不了。那天上午，場部來人帶條消息，說張布有包裹從老家寄來，讓張布自己去取。張布想也沒想，站起來就走。來人說還是穿件大衣吧，外面冷得很。張布也沒在意，隨手套了件軍大衣就邁出門檻兒。來人說我的事也辦完了，和你一道走吧。兩人說說笑笑出了營房。沒走出多遠，一轉彎，高大的蘆葦蕩遮住了營房。路邊從蘆葦蕩裡閃出兩位軍人攔住去路。來人也退到張布的後面，形成前後夾擊的陣勢。張布一愣，立時明白了，也沒嚷嚷，平靜地說：「沒事，別緊張，我跟你們走。」

一路平安無事，從此張布就再也沒回三連。

場部辦公室，北牆多了張一開大的白報紙，上面用紅藍鉛筆勾畫了農場的地形圖，一連、二連、三連像眾星拱月一樣圍著場部。每個連的橫線外列著一些人名，三連的人名中張布二字劃了一個大紅圈。另外每個人名後面都有幾個字的評語，比如「骨幹」、「打手」、「歷史問題」等等。大白紙的下端寫著：「紅衛兵文藝縱隊」、「井岡山」、東華門大會、一・〇八事件、二・二四事件……

文書將大白紙兩旁的布簾拉攏，遮住以示機密。

場部最後的一排泥房子中，有一間隔離室。門口有站崗的，進門一間看上去像是個倉庫，堆了一些暫時沒用但丟了又可惜的桌椅櫃子之類。倉庫角落裡開個窄門，門板用粗木條胡亂加固了一層。打開門又是一間屋子，窗戶也用厚木條封得嚴嚴實實。電燈終日開著，那是盞帶搪瓷燈罩的電燈泡，四十五瓦。電線從靠牆邊的房梁一端拉下來，再用根繩線牽引對準桌子的中央。桌子是一張普通學生課桌，擺在上下鋪的前面。上下鋪也是用粗木臨時搭就緊緊依靠在牆邊，鋪的上層胡亂堆了些衣服及雜物，底層被褥隨便攤開，滿是大朵牡丹花的床單耷拉著幾乎接到地面。白教導員坐在一把靠背木椅。隔著桌子，張布面對著白教導員坐在雙人鋪的底鋪大牡丹花上。

「知道為什麼叫你到這兒來嗎？」白教導員眼睛看著桌子上的筆記本開口問。

「這還用說呀？肯定出事兒了唄。」張布瞪著兩眼絲毫不驚慌。

聽張布的回答，白教導員抬起眼睛，正碰到張布的目光也正直勾勾地盯著他。咦？這小子不怯陣啊，果然是個蕩江湖的人，年齡不大，經歷不少，又是工人又是宣傳幹事，還當過一陣兒廠工會主席，最後竟然考上了大學！文化大革命又上下折騰出人頭地，看來這個臭小子也不是省油的燈。

「既然你這麼認為，那你說，出了什麼事兒？」白教導員又問。

「這就難說了。咱也不是頭一回，烙面餅翻了不知多少遍，您指的是哪一樁呢？」

「你有一個問題沒交待。」

「還有？哎喲，我的媽耶，哪兒那麼多……」

「還有一件大大問題沒有交代！」白教導員厲聲打斷張布的話。

張布緊閉嘴，臉上充滿了疑惑。

「好了好了，給你一段時間考慮考慮，想明白了再談。」白教導員揮揮手，站起來大步走出了房間。

張布坐在床上沒動，剛才的景象他並不陌生，只是摸不透究竟什麼地方出了問題？這幾年他幹的那些事，在工宣隊的「幫助」下，不知捋了多少回，「劣跡」早已背的滾瓜爛熟，不大可能還有什麼遺漏吧？尤其是大大問題。這是啥意思呢？嚇唬人？炒冷飯？再回鍋？為啥呢？張布把頭靠在爬上鋪的梯子旁，百思不解。算了，別想那麼多，沒用。不管遇見啥問題，還是那招，就是我也不硬頂，你說啥我就順杆兒爬唄。只要撈個態度好，他們就沒轍。對！就這樣兒！張布打定主意，吐了口氣，巡視四周，桌子、椅子、磚爐子，再無他物。前兩天他還覺得這不過是間宿舍。白教導員「拜訪」後，他才意識到原來這是間標準的審訊室。哎喲，好嘛，我又成了階級敵人？

一九七〇年的年尾，冬天終於來了。大學營清查「516反革命集團」運動也正式拉開了大幕。動員大會是在場部開的。首腦之居地嘛，自然闊大許多，泥排房之間距離寬出三連營房的幾倍，踢足球都可以了。大學營全體師生參加，六七百號人坐在兩排房當中也不嫌擠。眾人的前面有一座主席臺，半人高，是場部唯一用磚頭搭成的建築，檯面還豪華地鋪了水泥。空蕩蕩的主席臺只擺了張木桌和一把木椅，沖觀眾的左右兩邊各一隻高音喇叭趴在地上。沒有紅旗招展，也沒有標語橫幅。白教導員孤身一人坐在椅子上。他身子向前傾敲了一下話筒。「吱——」兩隻喇叭同時尖叫起來，如同銳利的金屬劃在玻璃上，刺耳的超高分貝音紮得台下眾人心臟立馬痙攣起來。滿天紅用手指拼命堵住耳朵，閉上眼睛苦熬那揪心的時刻。沈胖在後面趁機抓住滿天紅的小辮子上下左右地扯。滿天紅轉身甩開辮子，自己的兩手卻因按住雙耳不敢松下，只好杏眼圓睜出口罵人：「臭德行！神經病！小兒多動症是吧？連個手都管不住，一邊呆著去！」蕭水和沈胖非但不生氣，反而高興起來，他們要的就是欣賞滿天紅生氣的樣子。設計成功了自然興奮異常。嘻嘻哈哈你推我搡，氣得滿天紅無計可施只能堵著耳朵罵人。

白教導員等那刺耳的尖音息了聲，才一字一頓地宣佈：「中共中央，中央文革……」

哦，又是紅頭中央文件，老相識。

「……清查『516反革命集團』運動現在開始！」

早就知道啦，北京那邊正在清查「516」反革命集團呢。可那兒離我們十萬八千里，嘻嘻，關我們什麼事！

沒想到白教導員話題一轉：「我們大學營裡也有516份子！聽明白了吧？這次運動的重點就是把他們清查出來。不達目的絕不善罷甘休！」台底下的師生們頓時靜音，大家面面相覷，一時不知所以。但靜場只維持了短暫一刻，鍋裡的糊粥又咕嘟咕嘟冒泡了。喲呵，咱們這兒也有「516份子」？從來沒聽過學校裡還有這檔子事？兩派打架、工宣隊清理階級隊伍，把校園翻了個底兒朝天，也沒聽說有「516」這仨字兒。

「不就是學習、檢查、靈魂深處鬧革命嘛。」沈胖像是老運動員似地擺著譜：「檢討書我留著底呢，再抄一遍不就完了？」蕭水憋住笑聲，推了他一把令他閉嘴。

「當然了。」臺上的白教導員提高了嗓門，力圖壓住台底竊竊私語的「嗡嗡」聲：「對於一般的「516份子」我們的政策是：受蒙蔽無罪，反戈一擊有功。你承認加入「516反革命集團」，就說明你與其劃清了界限，組織上就認定你不是反革命了，就是自家人了。聽明白了吧？尤其是同學們，我們還有「四不」優惠政策：即，不記檔案，不記處分，不留痕跡，畢業分配不歧視。如果你不承認。」白教導員頓了一下，手掌伸直象把刀一樣向台下劈去：「我們就毫不客氣！那你就是反革命份子！就要嘗嘗我們無產階級專政的鐵拳滋味！聽明白了吧？」

從場部回來，陽光寒冷且無力。天空的一半是拉長的棉花糖絲樣的白雲，絲絲凍在那裡，凝固著。身著藏藍色、灰色、軍綠色棉大衣的三連師生們也像天上的絲雲拉長，幾乎沒個隊形，鬆鬆垮垮順著那條水車每日光顧的小路向自家的營地走去。枯黃的蘆葦伊裡歪斜站在水灘裡觀賞著這隊嘰嘰喳喳的人群。隊伍裡唯一著象牙白絲綿大衣的滿天紅似乎有點想不明白，嘟囔著說：「咋回事兒？承認了就不是『516』，不承認就是『516』？這嘛邏輯？承認偷東西了就不是小偷？還拿分配嚇唬人。北京有什麼好留戀的，大不了回老家唄。」蕭水回頭盯了她一眼。兩人的眼神一相交，滿天紅撇了撇嘴立馬不出聲了。

隊伍來到營房中間的籃球場，人們手裡提著馬紮站著，照例等連長的命令解散回房。連長沒有露面，倒是指導員站在土壩上背著手挺直腰板，居高臨下迎接比他矮半截的三連全體師生。他巡視著底下的人群，一股掌管他人命運的優越感油然而生。「同志們」這詞兒不能再說了，叫他們什麼呢？乾脆直截了當吧。

「全體回營房學習白教導員的講話！解散！」

回到房間裡，五班成員各自在老位子坐下。三排長像個人樣兒嚴肅著臉交代幾句便轉身離去。炕上炕下個個低著腦袋，悶聲不響。以前的學習會也這樣，總是開頭炒冷飯，死靜死靜，無人開腔。待一人勉強打破沉寂後，你一言我一語，場子漸漸升溫，話匣子隨後打開，一不小心某些語言碰撞擦出火花，會場就炸了鍋，人們爭論的面紅耳赤，學習會到點了也欲罷不能。今天冷場的時間長了點，似乎誰都不想開頭炮。老夫子是班長，多少有點責任心，乾咳兩下開個頭：「剛才石教導員、指導員都講的很清楚了，大家有什麼想法……談吧。」說完就不吱聲了。僵了一會兒，蕭水瞧這形勢太尷尬，不由從口袋裡掏出煙扔給沈胖一支，自己叼一隻，正要打火。老夫子伸手說：「給我來一支。」

「呦呵，老夫子也抽煙？」沈胖來了興勁，吐了口煙笑起來。

「寫東西時，偶爾抽兩口。」老夫子答。

「今兒又沒寫東西，你抽個啥？」沈胖問。

「就要寫了嘛，醞釀醞釀。」

「哦。」沈胖直了直腰，不說話了。

又僵了一會兒，沈胖好像忍不住，搖晃著上半身，吐了口煙，半問半自語地說：「『516』這玩意兒誰見過？」

「我見過。」蕭水搭話。

沈胖一愣，立馬停了擺動，睜大眼，瞪著蕭水。

「好像是六七年初或六六年尾，記不清了，反正是冬天。那會兒全北京城正熱火朝天齊造反，不是今天火燒某某某，就是明天炮轟誰誰誰。國務院各部委的頭頭沒有一個不落下的」蕭水繼續說：「我乘『大一路』過天安門，忽然看見在路北紅牆邊有幾個穿舊軍裝的紅衛兵正在貼用四張大字報紙拼一個字的大標語，你猜上面寫的是什麼？『炮轟國務院！火燒周恩來！』末尾落款——『首都516兵團』！」

「好傢伙！不要命了！敢反周總理！」老夫子差點兒被煙嗆

著，額頭上的抬頭紋又皺起來。

「就是。」蕭水應道：「不過我在車上就那麼一晃而過，心裡犯嘀咕，別看錯了吧？第二天我又專門跑去看。那條標語已被人蓋住了。可是當天小報上就有江青同志講話說『516』是反革命。」

「喲，還真有。」沈胖縮回頭嘟囔著：「他們也不知是那路神仙，膽兒夠大又神祕的嘿。」

接下來幾天還是讀毛著。不過排長們都不出席。學習的怎樣，也沒人關心。班裡象放羊似的任你信天遊。蕭水坐在馬紮上，仍舊捧著毛主席語錄。眼睛盯著書，心眼兒卻往外張望。因為他發現了一個異常現象：不時有同學被叫出去，隔段時間同學回來，另一個同學又被叫了去。回來的同學有的低頭不語，有的坐那兒發呆，也有的若無其事。蕭水認為這顯然是個別談話，談的內容是什麼？沒有同學回來說。看有些人沮喪的樣子，定不是好事。

蕭水感到有一種不詳的陰影正悄悄逼近。

果然，沈胖也被叫了去，而且不止一次。回來一聲不響，盤腿坐在炕上像個泥菩薩。

按部隊的規矩營房二十四小時都需有人站崗巡邏，那天正輪到五班值班，蕭水和沈胖是晚上十一點到一點的班。這個點兒人們剛入睡，有夜貓子習慣的知識份子恐怕還躺在被窩裡睜眼數那看不清楚的房梁和椽子。

蕭水和沈胖兩人溜溜達達轉到房子的背後，找個沒風的地方，靠著牆點支煙，望著天上的星星。

「怎麼，他們找你談話了？」蕭水打破了沉默。

「嗯。」沈胖哼了一聲。繼續悶頭抽煙。

黑夜裡兩個煙頭火星子一上一下晃動著。

「你說，學院裡真有『516』？」蕭水又問。

「誰他媽的知道！」沈胖將煙頭往遠處一扔，忿忿道：「咱們是小巴拉子，縱隊那幫子頭頭搞什麼鬼我哪知道？真是他把你賣了，你還幫他數錢。你不在學院，不知道，張布那小子一天到晚在外面跑，神祕兮兮的也不告訴我們他和誰在打交道。咱們紅衛兵文藝縱隊全壞在他的手裡了！」

「不過縱隊的名譽也讓他打響了。靠他那三寸不爛口條，圈兒外人還以為咱們是文藝界龍頭老大呢。」蕭水說。

「他露臉了，我們呢？到現在還跟著他倒楣。」

「所以說，受蒙蔽無罪嘛。」

「『516』可是反革命哎，那是反周總理哎，和一般打派仗組織不一樣，你要是承認了，心裡總是惶惶的跟賊似的。」

「那倒也是。」蕭水同情地歎了口氣。

「這他媽的張布要是和『516』有一手，誰都跑不了。」沈胖突然冒出這麼一句。蕭水手上的香煙屁股燙到了手指，他趕快甩出。什麼意思？難道……蕭水腦子飛轉，運動初期的活動輪盤似的搜索一番，自己和張布有關係的就那麼幾件事，唯一受張布委派的也就是借調到中央專案組，但他壓根兒沒跟我說這和「516」有關啊。

蕭水又掏出一支煙，點燃，向天空長長吐出一口。隱隱的白煙隨風快速擺蕩很快被黑夜吞沒。嘴邊的煙頭閃爍著紅光不時飛出點點火星，那點兒火在深沉的夜幕包圍中顯得格外孤獨。

第二天午飯時間，蕭水拿著飯盒朝食堂走去。小蔡端著飯盒邊舔著盒邊流出的湯汁邊迎過來。瞧他那饞樣像是無憂無慮，蕭水心生嫉妒便攔住他：「瞧你這德行，姚大嬸兒又照顧你了？」

小蔡咧嘴笑：「哪兒呀，今天白菜里加肉片兒了，你瞧！」

蕭水數了數小蔡飯盒裡的肉片：「呵，有幾片兒呢！真福氣。」

「哎，我問你。」蕭水轉了個話題：「你們班有人承認『516』了嗎？」

「有哇。」小蔡很爽氣地回答：「我就是啊。」

「你？」蕭水真是沒想到：「你承認啦？」

「是啊，這有什麼為難的？大李也承認了。我們合計好的，承認了就不是了，多簡單。我勸你們省省心吧，腦袋裡裝那麼多的彎彎繞幹什麼？聽組織的話。組織怎麼說就怎麼做，沒錯。」

「哦，好好，說的也對。」

離了小蔡，蕭水走進飯廳。每當吃飯時這裡便成了社交場所。不同班的師生捧著搪瓷缸碗或鋁制飯盒站著、蹲著湊著聊天。角落裡老夫子正與幾個師生蹲成一圈交談甚歡，不知怎的談到了某教師撒尿姿勢特別滑稽，嬉笑中老夫子擺擺手：「吃飯時談這個，不雅。今天有肉吃不知為何？」

「每個月都有一兩次肉片兒，不足為奇。」

「但我發覺每月的吃肉時間不同，一定有原因。」

「也許連長他們哪天高興了，就發慈悲改善唄。」一個教師插話。

「我估摸著大概這兩天運動極有成效，慶功吧。」另一個同學猜測。

「慶功？」蕭水擠進來插問：「何來慶功？」

「我看進出連部的同學多了，必定大有收穫。」

「他們都承認了？」老夫子認真了。

「不清楚，但都說承認了就不是了，很簡單啊。」

「才不簡單呢。」老夫子恨恨地說：「沒有的事，就不承認才簡單啊。」

又一天的上午連裡開大會，三個排的師生依次進入飯廳坐在各自的馬紮上。不大的房間立時擁擠起來。指導員坐在臨時搬來的條桌後，他的兩隻胳膊肘撐在桌面上，屁股下的條凳對他來說略顯高一些，腳尖懸在空中來回劃拉著，佈滿胡茬的厚嘴唇咧開，像個首長樣地主持會議：「先學習一段毛主席語錄：『錯誤和挫折教訓了我們，使我們比較地聰明起來，我們的事情就辦得好一些。任何政黨，任何個人，錯誤總是難免的，我們要求犯得少一點。犯了錯誤則要求改正，改正得越迅速，越澈底，越好。』今天，這個大會是檢驗學習毛主席著作成果的大會，是向毛主席表忠心的大會。一些受蒙蔽的『516』份子學習了毛著和中央文件，認清了方向，向組織交代了問題，洗了澡。這很好嘛！他們就是我們的同志嘛！現在就請李大偉同學宣講他學毛著的體會！」

話音一落，一個瘦骨伶仃高個子的學生站了起來，白色賽璐珞眼鏡反著光，棉襖的前襟高翹著，手裡捏著一堆紙，從人群中尋找空擋跨一步，再跨一步走向主席臺……

散會了，人們從飯廳大門魚貫而出。「大李挺積極的哈。什麼事來了他都帶頭。」沈胖挨著蕭水自言自語地嘀咕。蕭水不接話茬，兩人沉默著隨人流來到籃球場。小蔡不知打哪兒冒出來，捅了一下走在蕭水前面的沈胖：「哎。你發現了不？張布沒影了，聽說被營部抓去辦學習班呢。胭脂紅也跟了去，不過，她是張布專案組成員。」

「怪不得這兩天聽不到貓頭鷹叫，敢情升官了。」沈胖帶有嫉妒的口氣嘲弄道。

「哎，哥們兒。」小蔡肩膀貼近沈胖：「受蒙蔽了嗎？」沈胖臉一沉，兩眼瞪著小蔡：「別哪壺不開提哪壺，老子今兒個不高興！」

小蔡熱臉貼了個冷屁股，自討沒趣，只好自圓：「咱就是隨便問問。哥們兒嘛，不興關心關心？」

沈胖冷著個臉，不搭理小蔡，自顧往前走。

蕭水走在後面只聽到小蔡說張布被抓，腦子就走了神，至於兩人的爭吵，壓根兒就沒聽見。張布進學習班並不意外。滿天紅上調說明她不是「516」。唉，還是「逍遙派」好，早知如此幹嘛拼死拼活在階級鬥爭風口浪尖瞎折騰？抓不著狐狸惹一身騷，何苦呢？蕭水暗地感歎到。正想到此，一抬頭卻見滿天紅站在土壩上向他暗示眼神。蕭水會意隨即向壩口走去。滿天紅從房子的另一面繞過來。

「胭脂紅，你不是調到營部去了嗎？」蕭水問。

「我是回來拿點東西。」滿天紅匆匆回答：「你可別亂說，我告訴你，張布寫了一大串名單，你小心點。我不多說了，明白哈。」說完推了蕭水一把，轉身向營房外走去。

蕭水心事重重往回走，還沒到宿舍門口，就聽得裡面激烈的爭吵聲。

「敢情你在家不煮飯，有老婆伺候是吧，連生個爐子都不會！」這是沈胖在斥訓人。

「誰不會啦，這煤球不能一下子倒嘎許多，一點點來，火才烊嘛。」一位戲文系教師操著南方口音辯解道：「你這個樣子搞，煙霧太多了。」

「又不是你出錢買，小氣什麼！我就瞧不慣你這上海德行！」

「你，你，這是什麼話！上海人怎麼啦？」老師氣得聲音直哆嗦：「現在的學生怎麼這個樣子！」

「啥樣子？造反派樣子！」

蕭水急忙跑進屋，見沈胖揚著根發紅的鐵通條，正瞪著眼推搡那位戲文系教師。

蕭水慌忙奔過去，握住沈胖那只拿通條的手。連聲勸解：「別介，別介，都是好心，有什麼好吵的？」

「你看……」

「好好好，大家冷靜一下」蕭水打斷老師的話：「不就生個爐子嗎？我來，我來。誰去拎壺水，等燒開了咱們沏杯茶消消火。」

老師氣鼓鼓地拎著鐵壺離去。蕭水將沈胖按在炕上低聲說：「你差點捅婁子，知道不知道？」

沈胖這才平靜下來，眼睛看著別處：「我又不知怎麼的，就想找個茬兒撒撒氣。」

「撒氣也得挑地方啊，等吃完晚飯咱倆出去兜兜。」蕭水安慰他。

初冬的晚飯後，天色已黑，只有西邊葦子頭上還能看到一抹微光。小路白乎乎的漸漸隱沒在遠處的夜幕中，蕭水和沈胖懶懶地順著小路遊蕩，沒有一點風，四周悄然無聲。兩人誰也不說話，也不想說話，就想讓這沉寂洗滌一下紛亂的心靈。「516」的突然闖進，的確有點兒所料不及。中央的政策也令人摸不著頭腦，總覺著哪兒不對勁兒卻又說不出個子丑寅卯來。蕭水吸了口新鮮空氣，腦子轉開來。說「516」沒有，你不是在長安街看到了嗎？中央紅頭文件也鐵板釘釘子寫著呢，你能否認？說它有，在哪兒？校園裡壓根兒就沒聽說過「516」這仨字兒。可沒聽過不等於沒有。誰敢肯定有還是沒有？工宣隊沒來前學校早已亂的像春秋戰國，什麼想不到的事都會發生。「516」算個啥？不就貼個標語麼？咱們學校還有人燒毛主席像呢！不過幹什麼都得有個紅線，總理可就是黨中央啦，反總理就是反黨中央！這可不是鬧著玩兒的。沈胖說的也對，承認了，豈不成了反革命！那以後你還有好日子過？可是部隊領導為什麼說，你承認了就不是反革命了？這彎子是怎麼繞的？費解呀。小蔡他們是怎麼想的？難道真像他說的簡單點兒，別解那彎彎繞。唉，這政策真像個剛摘下來沒懶過的柿子，瞧著挺好看，吃起來澀喲！蕭水望著悄無聲息的葦子灘，忽然想到肖洛霍夫的「靜靜的頓河」，也是這樣的茫野，格裡高利下馬將步槍子彈扔到水溝裡，孤身一人離去。當時覺得這結尾太草率了吧，沒有一點英雄悲壯的情懷。可現在似乎琢磨出點兒味兒來，知道他為什麼這麼寫了。

一陣低沉而憨厚的笑聲從遠處的夜幕中傳來，不用等近看，就知道那是區賢德。一會兒矮胖的黑影走近來，身旁還有位同學。

「哦，原來是你們倆個。」區賢德首先打招呼。蕭水只得湊前：「區老師，也遛彎兒呢？」

「哎，見著同學苦惱，瞎聊聊。你們也出來散心？」

「沒啥，就是消消食。」

「有煩心事吧？」區賢德不避諱，單刀直入：「我也正和范同學說呢。」

「說啥？」沈胖沒好氣地搶他：「敢情您在運動中忙著生小孩，沒粘一屁股屎。」

「嘿嘿，我不怪罪你，小將們是老革命遇到了新問題，誰都會不知怎麼辦好。咱們到底都是一個系的師生嘛。碰到難處，我也替你們著急。」區賢德向黑幽幽的路邊醒了醒鼻子：「我們廣東人喜歡直來直去，不喜歡繞圈子，不會說客套話。我呢就是年紀大了些，有些經驗可以和同學們交流交流。咱也不是擺譜，運動嘛比你們多經歷過幾次，知道該怎麼走。最重要的就是緊跟著黨，黨要你幹啥你就幹啥……」

「我們什麼時候沒跟黨走？」沈胖又打斷區賢德的話。

「不是這個意思。」區賢德急忙解釋：「我這大半輩子就一個經驗，聽黨的話。咱們的一切都是黨給的，哪有孩子不聽母親的話呢？別想那麼多，聽話，准沒錯。你看，唐一鳴為什麼成了右派呢？他就是不聽話，一根筋不轉彎。黨說向西，他非說向東也不錯，和黨對著幹，結果燒鍋爐燒到現在。」

區賢德呵呵笑了笑，換個口氣：「其實解放軍還是向著咱同學的，給那麼好的政策，上哪兒去找啊？而且你們明白解放軍的意思嗎？你承認了就不是反革命了，也就是說，承認了你就是自己人了，就什麼都沒了嘛。跟我們一樣了，這可是從來沒有的政策喲，別錯過了機會。咱們都是聰明人，跟著黨走沒錯呢？」

沈胖和蕭水不出聲了，四隻眼睛死盯著模模糊糊的蘆葦，越往遠處越看不清。

回營房，許是蘆葦蕩裡受了涼，沈胖一杯熱茶才落肚，肛門就一個勁兒的緊催。他急忙起身奔向營房後面的廁所。待他還沒蹲穩「噗噗噗」的一串屎沖著茅坑灌下，猶如肚囊猛然撤了底蓋，撒歡的放縱，五臟六腑頓時舒服許多。沈胖掏出一支煙悠閒地抽起來。男廁所比較大，一溜的茅坑倒是用水泥砌成，每個茅坑直通外面的糞坑。室內沒有燈，全靠入口外一盞孤燈的餘光透過房檐下長條小視窗射進來，昏昏暗暗勉強能分清廁所的佈局。小便池在對面，黑呼呼的看不清，但尿騷味熏的你不禁淚流滿面。有一人急急跑來，跨進廁所的粗粗喘氣聲非常熟悉，用不著看就知道這又是區賢德。區賢德沒留意廁所裡還有人，等他蹲下來歪頭細看才辨認出旁邊一樣解大便者是沈胖。

「哎喲，又在這裡見面了。」區賢德主動搭話。

沈胖抽口煙，哼了一聲算是回答。

「真的啊。」區賢德兩隻胳膊支在膝蓋上，雙手托著腮幫子慢慢說：「咱們都是普通群眾，什麼事只能隨大流，別和領導較勁兒。」話說到這兒，一個同學跑進來撒尿。兩人默不作聲當作專心上恭。學生一離開，區賢德重心移到左腳，壓低聲：「我勸你做個明白人。那時候亂得烏七八糟，什麼事都會發生，萬一張布他們為了顯擺，開了一大名單，裡面就有你，而你卻蒙在鼓裡，還嘴硬不承認，那你不就倒大楣啦？要是承認了呢，你就解放了，脫帽子了，和大家一樣了，你還擔心什麼張布的大名單裡有沒有你？你說呢？這叫保險加保險。」

沈胖把煙頭扔進茅坑裡沉思著，外面的蘆葦嘩嘩響起，一股冷風從糞坑裡倒灌上來，吹得沈胖屁股涼涼的。

第二天，學習期間蕭水留心看到沈胖去了趟連部。等回來時沈胖神情像是輕鬆了許多，在他爬上炕的一瞬間悄聲對蕭水說三排長想和你談話。蕭水心一緊，心想找上門來了，看來躲得了初一，躲不了十五，怎麼辦？承認參加過「516」？根本沒有的事你攬下來憑什麼！不承認，假如真像沈胖說的張布把你賣了，你還幫他數錢，那也太冤了吧。蕭水搜索枯腸想不出張布何時給他過一張表格，也記不起張布對他說過什麼。可是萬一……他想起昨天晚飯後區賢德講的一番話，多少有點道理，不管怎樣向組織如實交代不會錯吧。蕭水把心一橫，起身向屋外走去。

連部裡一排長正和一同學談話。三排長坐一旁用圓珠筆專心在筆記本裡記著什麼，見蕭水進來，將筆合進筆記本兩眼放光高興地站起來招呼蕭水一同進裡屋。

這是連長和指導員的寢室，兩張簡潔的單人床中間放一張窄檯子，一隻雙鈴馬蹄錶擺在臺上「滴答」作響。三排長將筆和筆記本學著指導員攤好請蕭水坐下，並用期待的眼光注視著他。

「是這樣。」蕭水略帶緊張的聲調說：「關於加入『516』的問題，我認真考慮了很長時間。我記得張布派我去中央專案組時，曾和我談過話，說這件事非常重要，是他爭取過來的，他說我是他最信任的戰友，派我去是組織上的光榮。當時他沒說這個組織是『紅衛兵文藝縱隊』還是別的。我想如果張布是『516』，我不能對黨隱瞞這件事。」

三排長聽了隔著檯子拍了一下蕭水的臂膀：「我就知道你的覺悟高，黨員嘛，就應該這樣。今後我們就是一個戰壕的戰友了。」說完三排長開心的雙手合十，身子興奮地向前傾。

「你老幾？」為了套近乎，他和蕭水聊起了家常。

「老三。」蕭水回答：「還有一個哥哥一個姐姐。」

「有……那個沒有？」三排長露出狡黠的眼光。

「沒有。」蕭水急忙撇清。

「聽說這裡有人……」三排長笑起來，大白牙又露出全貌。

「別聽他們瞎說，那是亂點鴛鴦譜。」蕭水漲紅了臉。

「那行，不說了。你在中央專案組幹過？」聽得出來三排長問這話並不是想政審，而是完全出於好奇。

「說是中央專案組，其實就是他們屬下的群眾專案組，活兒是我們幹，他們不出頭。需要外調時，介紹信是他們中央專案組開的。接待單位看了介紹信以為我們是中央專案組。」

聽了蕭水的解釋，三排長的興趣失去了大半。兩人又東拉西扯地談了一會兒，三排長說你的情況我會向指導員彙報，放心吧。至此交談結束。

打這次談話以後，五班裡發生了一些變化。三排長佈置任務時不再找老夫子了，而是向蕭水交代。班裡的學習會三排長也特意要蕭水掌握，好像班長不是老夫子而是蕭水了。

老夫子當然明白這裡的奧妙，他並不爭辯，反而默默承認。

不過這樣一來，有些事就進行得不那麼順暢。

比如白墨就忽然護著老夫子來了，大家有什麼爭論他總是站在老夫子一邊。

那天學習會，話題轉到經濟基礎與上層建築關係上。蕭水認為雖然經濟基礎決定上層建築，但反過來上層建築也會影響經濟基礎，尤其現今社會上層建築更重要，沒有革命的激情哪有社會的發展？抓革命促生產嘛。老夫子梗勁上來了說經濟基礎決定上層建築這是馬克思最基本的理論，即便上層建築對經濟基礎有一定的影響，但它畢竟從屬於經濟基礎。資本主義只能產生民主主義革命，社會主義才能產生社會主義革命。

「對呀。」白墨支持老夫子：「有事實才有理論，沒有的事談什麼理論？唯物主義者就是要堅持事實，有就是有，沒有就是沒有。」

老夫子笑了：「對對，於我心有戚戚焉！」

「沒有的事，偏要去承認，禍將附矣。」白墨又加了一句。

這樣的爭論讓蕭水很不舒服，他向三排長彙報了會上的情況。三排長說根據指導員的意思，歐陽丁出身很苦是我們爭取的對象。要啟發他的階級覺悟。我們可以開個憶苦思甜會促一促他。

會是在晚飯後招開，三排全體師生擠在五班的房間裡，炕上炕下滿滿當當。南北大炕之間的火爐燒得賊旺，一隻大鐵壺蹲在火上咕嚕咕嚕冒著水汽。會議還沒開始，十數隻煙槍放的煙霧立時充滿這密不透風的草泥房內，不知道的還以為屋內著了火。師生們在雲遮霧罩中對影相坐，忍受著烏煙瘴氣的薰陶，頂頭原本就昏黃的燈泡在煙霧中散出一圈淡淡的光環，愈顯暗淡無光。這回三排長親自主持，他又是念毛主席語錄，又是苦口婆心講政策勸導。孩子般的三排長恐怕這輩子還沒有發表過這麼長的演講，驚得蕭水他們不由得抬頭辨認這個煙霧中剪影般的三排長。

老夫子坐在馬紮上畢恭畢敬洗耳恭聽默不作聲。

「歐陽丁同志，黨培養你，希望你忠於黨忠於毛主席，聽黨的話，不要做有害於黨的事。」三排長繼續說：「你忘了，你是怎樣成長起來的？你父母一輩子給資本家打工，早起晚歸，最後連房租都付不起。一家只好住在透風的窩棚裡。你弟弟得病，沒錢買藥眼睜睜看他死去……」

一提他弟弟，老夫子的眼睛紅了，低下頭鼻涕流了好長。

「你想想，東方紅，太陽升，是誰把你父母從火坑裡救出來？是誰讓你父母翻身做主人？還安排他們工作？讓他們有了固定的收入？是黨，是毛主席。黨和毛主席又培養你上中學、上大學。飲水不忘掘井人，你怎麼就不明白呢？」三排長隔著煙霧動情地說。

「我不是不明白。」老夫子終於開口了，帶著哭腔：「我是一個窮苦家庭出身的孩子。解放前的生活我也有印象，最深刻的就是我的弟弟……」說到這兒老夫子再也抑制不住自己的感情，索性放開來嚎啕大哭：「我那可愛的弟弟啊！他的摸樣……我不會忘啊！我們最能合得來呢！他是個會幹活的孩子，連我這個哥哥他都能照顧。說將來你讀書，我照顧家。可他走得那麼快，兩隻小手撲楞著撲楞著就沒氣了，他躺在床上睜的那雙大眼睛，我永生難忘啊！」

煙霧凝固了，燈光更加昏暗，眾人無語，有的竟紅著眼暗暗陪著老夫子流淚。

「我知道我的一生得益于黨和毛主席，沒有黨就沒有我歐陽丁！」老夫子情緒稍有安定，擦了擦眼淚繼續講：「黨給了我一切，給了我全家的一切！我歐陽丁怎麼會忘恩負義呢！」

「黨給你一個報恩的機會，今天你應當勇敢站出來和階級敵人劃清界線！」三排長乘機動員。

「我絕對不會反黨反毛主席，這點請大家放心。」老夫子堅定地說：「我可以負責地向黨保證，我不是『516』！黨是我的衣食父母，我不能向她撒謊！」

蕭水跑到屋外大大吸了口新鮮的冷空氣，腦袋頓時清醒了許多。今天的結尾令人掃興，預想的那種戲劇性結果並沒有出現。蕭水伸了個懶腰，頭頂上的天空黑漆漆深見不底。

「還不承認？」指導員聽了三排長的彙報大惑不解。憶苦思甜在戰士的教育中屢試不爽，怎麼用在知識份子身上就不起作用了呢？還是毛主席說的對，書讀多了就難對付了。

「真是個木頭疙瘩腦袋！先晾一邊，看他能蹦躂幾天？到時候讓他吃不了兜著走！」指導員狠狠地說。

第三章

起床號響了，但冬天的早晨天仍舊黑乎乎的。蕭水端著臉盆推開房門。哇！眼前的景像立刻讓他呆站在那裡。營地一夜間無聲息地變了樣，萬物皆白，視野之內屋頂、籃球架、水缸、土壩還有廣袤的葦子灘都失去了往日的棱角，統統被那松松厚厚的白色瑞雪埋沒。那滿眼的白，毫無一點兒雜色，通身潔淨，被時間細心地均勻鋪滿大地，飽滿、輕綿、無垠。無聲的潔白線條交相呼應，起起伏伏，韻律生輝。這是被天上的仙人還原成神話中的美麗仙景？還是人間我們超級的同行精心製作的舞臺佈景？這難道是真的嗎？蕭水有一瞬間懷疑自己的眼睛。他凝立在那裡癡癡面對那白色的世界。

「你看！冰淩！」有人驚呼。蕭水抬頭，果然低矮的屋簷吊掛著一支支長長的冰淩，胡蘿蔔粗並整齊地排列，在窗內柔和的燈光照射下反射出晶晶瑩瑩的亮光。蕭水伸手小心地觸摸，感覺只要一彈，它們就會發出「叮噹」的美妙音聲。蕭水的心一下子感到純淨了許多。「太美了！大自然。」他感歎道，腳下的雪都不忍心踩下去，索性就站在門口欣賞這稀少呈現的動人圖畫。

西排房的女生宿舍燈也亮了，溫馨的暖黃色透過窗子灑出來，在滿世界都是銀白中格外誘人。戲文系、舞美系本來女生就少，再加一個炊事班的姚大嬸兒，一間房加一堂屋足夠。別看女生人少，東西可不少，不知道那鼓鼓囊囊的行李裡面帶的都是些啥玩意，到了宿舍攤開來屋內上下沒有不被佔領的。房間的炕上、四周的牆壁、地面過道甚至房梁上都堆滿、掛滿雜七雜八的用品，整個房間活脫一個雜貨鋪。解放軍天生就對女性有一種敬畏感，見到她們立顯局促。女生宿舍是他們的禁區，絕對無事不登三寶殿。所以男生宿舍他們可以指手畫腳，至於女生的嘛，隨她們去了。

陶延這會兒正坐在堂屋桌旁。這張桌子可是女生專有的特權。美妝打扮雖已被批判為資產階級流氓德性。可梳個頭，結條辮子，抹個雪花膏什麼的總是不可免的吧。剛來時滿天紅就發了一頓小姐脾氣說沒有桌子，鏡子往哪兒擺？這對連長指導員來說是難斷的家務事，不知是順著還是不順著大小姐。沒轍，那就開會研究吧。最終「白毛女還要紮紅頭繩呢」一派占上風，只好讓出連部僅有一張帶抽屜的桌子，自己用光板兒的檯子。一張桌子在連裡是高檔奢飾品，可是給了女生用，那就茶壺當夜壺。數不清的瓶瓶罐罐、針頭線腦都讓它承載著，從此桌面難見天日。

陶延扒拉開桌子上亂哄哄的東西，支上自己的圓形面鏡。從鏡子裡看，陶延的臉平展了，也白了一點，眼睛眉毛總體來說還不錯，雖稱不上六宮粉黛無顏色，多少也比鄰家小妹強點兒，齊耳短髮，額前不好意思地向前梳一層薄薄的劉海。

陶延很滿意自己的長相，太豔了惹眼，太醜了冷眼，就這樣正好。有道是十八歲的姑娘一枝花，陶延已二十三歲早過了這個檻兒了，這樣的女人常被著急的人判為明日黃花。其實不然，十八是含苞欲放的花樣年華，而陶延這年齡才是怒放的鮮花，青春的成熟使你再醜都有吸引人的地方。何況陶延又不醜。

芳齡時光也有煩惱的問題，有沒有對象啦，哪種男孩你最中意啦等等婚嫁之類的關心從各個管道不斷傳來。媽媽的催問最為頻繁也最為攪心，封封信裡不是介紹這個或那個，就是推薦這個或那個，煩的陶延一見媽媽的信就緊張。這兩天媽媽不知道從哪裡打探來的消息，說你們那裡有個叫蕭水的跟你有點意思。媽媽特地查了查，不錯，門當戶對。

這哪兒的話！陶延看著信臉羞的通紅。媽媽的手都伸到了葦子灘，這叫人將來怎麼見同學啊！

不過媽媽別的信，陶延都不在意，唯獨這封攪得她心煩意亂。不承認吧沒這個勇氣，承認吧，蕭水那兒根本看不出一丁點跡象。女人的心是敏感的，再微弱的信號她都能捕捉得到。

陶延看著鏡子裡的自己，幻想著裡面還有另一個人。是誰？她用無形的鉛筆勾畫著。畫了塗，塗了又畫，總是突不破那反復出現的輪廓——一張中規中矩的標準臉。唉，愁，愁，愁，都快成李清照了。

初冬的雪化得很快，太陽一出，沒兩天，向陽面就漸漸露出原來的本色，剩下的雪全都躲在背陰裡不敢挪出一步。

隔離室，燈光下，張布坐在桌旁披著件軍大衣歪著頭在一本公文信箋上不停地寫著，墨水鋼筆尖與雙紅線信箋摩擦不斷發出吱吱的響聲。

張布對「516」反革命集團的瞭解並不比蕭水知道的多。那段時期張布正忙著奪權，爭山頭。政治生命生死攸關，哪有閒工夫關心別人。他模糊地聽說江青曾公開講過「516」兵團炮轟周總理，是反革命集團。到底指的是誰？他也不知道。眼下解放軍讓他交代「516」問題，依著以往的經驗大概就是老湯新開鍋。還是按老招式對付，他要什麼就給什麼唄。要不把工宣隊時交代的問題換個抬頭，全歸到「516」頭上？反正翻來倒去就那點屁事兒，總不能憑空再造個什麼事件出來吧。「516」反周總理，我可不傻，那是玩兒命的事。想借「516」挖坑讓我跳？那得商量商量，我不搏您的面子，您也別把我往坑底下推。說到底，頂多是被人利用，受蒙蔽無罪，怎樣？真有什麼事，到運動後期我就一口咬定翻案，你也拿我沒辦法。唉，這日子難過喲，混到這個地步也是造孽啊，誰叫你那時一門心思想出人頭地呢！

在另一排房的營部辦公室，晚飯後，白教導員打發走隨身的工作人員，自己一人留下。將張布在隔離室燈下，披了件軍大衣俯身不停地寫呀寫出來的那些密密麻麻字跡的公文紙一張接一張攤開來，再與各連隊上報的材料拼接一塊兒，鋪滿了屋子當中的整個乒乓球台。牆上的布簾拉開，顯露出整張的大白紙。角落裡一座帶有風門的圓形生鐵爐，胖和尚似的打坐在方形鐵皮的墊板上，正熱烘烘地暖著人。胖鐵爐頭部頂著個爐盤，一隻大號鋁制鋼精水壺蹲在上面悠悠噓噓吹著哨子。辦公室正中二百瓦的大白熾燈，刺眼亮著，隨著白教導員身軀的移動，巨大身影在桌上、地上、牆上晃來晃去。整個辦公室就像個作戰參謀部。中央清查「516」來的正是時候，半年的憋屈算是熬過了頭，關在籠子裡的激情突然被放出來，白教導員渾身是勁兒。兩頭沉的桌面上多了架半導體收音機，裡面放著革命樣板戲「智取威虎山」唱段。白教導員調大音量，高昂的京劇曲調充斥整個辦公室。他不喜歡安靜，卻喜愛吵鬧，喜愛在噪音中思考問題。

白教導員一邊探身看桌上的材料，一邊轉身用手指粗的紅藍兩色鉛筆在大白紙上記著什麼，看上去像名稱啊、年月啊、人物啊等等字跡。原本簡單的圖表經這段時間的不斷添加變得熱鬧、擁擠起來。

為了躲避黑影，白教導員甚至歪斜著上身費力在大白紙上劃來劃去，即使這樣絲毫沒有影響他畫圖的興趣。這兩天的收穫大大的，戰果像秋收的果實，一筐一筐倒入辦公室，這倒是他沒料到的。頭一回和知識份子打交道，心裡沒底，猜不透這幫子戴眼鏡的腦子裡想個啥？上面的政策倒是很有用，先順毛捋，他們還真的吃軟不吃硬，學生們個個聽話，配合的不錯。就是那幫子世故教師們態度不咋地，骨頭難啃，甚至有人還在負隅頑抗。沒關係，不是不報，時候不到，時候一到，一切都報。打仗就跟下棋一樣，得一步步來。只要這一回合打的順手，佈局得當，以後的事情就好辦了。

初次戰役的勝利，白教導員很是得意。階級鬥爭真的要深挖，還要窮追猛打，還要攻克一層層更深的碉堡。勝利果實絕不是眼前的這些！一條金光燦爛的大道正展現在白教導員的眼前。他挺直了身，回首巡視著大白紙，手中的紅藍鉛筆敲打著手心，下一步的作戰重點在哪兒呢？一連老幫菜太多，文化大革命初挨鬥的多，造反的少。二連倒是重點，那一連串的紅色驚嘆號個個有油水。可一上來就攻堅難免沒有勝算把握，萬一卡殼，形成騎虎難下局面，我還有好日子過嗎？白教導員把目光移到三連，紅色驚嘆號少了，但多了些藍色圓圈圈。唔，重點人不多，事兒幹了不少。張布嘛，也很配合。對！就從這裡打開缺口！

嘿嘿，人到發了的時候，喝涼水都長肉。

三連營地的邊邊上還有一塊空地，自家的副業就在那兒安營紮寨，有雞舍、豬圈、羊欄，還有積肥功能的男女廁所。飯後閑余時間師生們常到這兒散散心。比如逗逗雞們，評選哪只母雞公認最漂亮，然後冊封為皇后，哪只公雞最兇狠，則冠之以惡名。那年正值約旦國王血腥鎮壓巴勒斯坦人民，「侯賽因」的綽號便戴在仗著身高總欺負雞百姓的大花公雞頭上。豬圈裡也有選美活動，一隻兩眼有黑圈，肩部有黑色印記的活象熊貓的胖豬，博得大眾的喜愛。零食不斷享受，臥室不時翻修，還被降旨不得隨意宰殺，欲為節日貢品時須得全體公民投票同意。相比之下羊欄顯得有些冷清，倒不是無人喜愛，只因羊同志們太忙，整日早出晚歸，野在外面找食吃，所以白天忙碌的人們路過羊欄時總是空空如也。

那天，課間休息，蕭水和沈胖一同去廁所，順便再巡視一下「皇后」與「侯賽因」。不想卻發現小蔡在羊欄裡正忙活。兩人好生奇怪，便轉身向那裡走去。小蔡一抬頭看見蕭水他們走過來，兩眼眯成一條線笑著趕忙打招呼：「哦，休息啦？」

「你在這兒幹什麼？」沈胖不搭理他的招呼，直接問道。

「現在羊多了。」小蔡又壓低了聲音：「也不放心大江一個人在外面放羊，連長讓我跟了去，明天就上班。」

「好差事啊。」沈胖向空空的羊圈裡張望：「自由職業者到廣闊天地裡發光發熱去了。」

「什麼好差事。大冷天的跑到野地裡喝西北風，你當好受啊？」小蔡辯解道，語氣裡卻壓不住內心的喜悅。

就是，冷是冷了點，但架不住自由自在的吸引力，遠離靈魂深處的惡鬥，在野地裡想幹啥就幹啥，那點苦算的了什麼。

「也不錯。」蕭水詳裝開導他：「以後心煩了就到野地裡找你。」

「哎呦，他的頭髮不夠長呀。」沈胖打趣道。

「瞧你，歪哪兒去了。」蕭水揮揮手，回身朝廁所走去。

回房間的路上蕭水正好遇見陶延。見她手藏在口袋裡像是拿著什麼東西，不由看了一眼。陶延撇了下嘴，哼了一聲：「你倒猜得准，喏，拿去。」說著掏出個用彩色塑膠絲編織成的飲水杯套塞給蕭水。這種杯套當時最為流行。買一隻寬口的果醬瓶或醬菜瓶，吃完了留下的瓶子可做茶杯，因為它不怕開水衝擊，還有蓋子是密封的，隨身帶不會漏水。只是滾燙的茶杯不好手握，套一層杯套隔熱，就不怕了。杯套通常用塑膠絲編織成，既厚實又美觀，手巧的用彩色塑膠絲編織出各種美麗圖案來。杯子穿上這樣的套子，身價立刻升高，宛如國寶，引來眾人驚羡的目光。

蕭水欣賞著杯套上的圖案，連聲稱道：「謝謝，謝謝。沒想到這麼快就好了……」話還沒說完，就聽見背後有沈胖的說笑聲，蕭水本能地將杯套藏起。可是沈胖早已看到：「藏什麼？好東西不給朋友分享。哎呦呦，這麼精緻的玩意兒誰編的？哦！陶延！真偏心眼兒，都是同學怎麼就不給我贈一個？」

「你又沒說，我幹嘛給你呀？真想要一個，我可以再編。省得你說三道四的。」陶延回嘴。

「不敢，不敢，這是心上物，哪兒能隨便要啊。」沈胖來了勁兒，加碼進攻。

「臭狗嘴裡吐不出象牙來！」陶延罵了一句，背轉身急急離去。

「哎呀，打斷了你們的鵲橋相會，對不起，對不起。」沈胖還在油嘴滑舌。蕭水揪著沈胖的後脖領子像批鬥黑幫一樣推著他朝五班房間走去：「少跟我油腔滑調，敗了人家陶延的聲譽，以後嫁不出去，你負責？」

「不說了，不說了，人家都在看咱們呢。」沈胖縮著頭打岔道。蕭水這才鬆開，兩人並肩象沒事兒似的進了房間。

沈胖在炕上還沒坐定，三排長進來說，指導員要和你談話，帶著馬紮。沈胖沒多想，立馬屁顛兒屁顛兒拎起馬紮跟著三排長去了連部。

沈胖跨進連部發現已有幾個同學坐在那裡。等他坐定，小蔡與另幾個同學陸續進來，沒多會兒屋子被學生擠滿。

指導員從裡屋出來點了點人數便在檯子後坐下。那本卷了邊的筆記本被小心擺好，鋼筆從上衣口袋拔下攥在手裡，笑了笑，厚嘴唇周邊的鬍子沒了，光溜溜的，看上去反而覺得不舒服。他照例背了段毛主席語錄，內容有點兒不著邊際，像是應付差事。似乎指導員更感興趣的是後面談話的內容。一排長將一隻蓋好蓋子的綠色軍用搪瓷杯放到指導員前面，自己拿了只木箱擠在桌旁與指導員平排坐下，三排長沒去湊熱鬧，抄了只馬紮坐在了同學們的後面。

「今天叫你們來……不要緊張，隨便談談。」指導員笑著說：「同學們前一段時間表現的很好，年輕小將們比那些老傢伙的覺悟高多啦。黨一舉旗，同學們毫無二心向黨靠攏，這才是我們的好同志。那些人別看多讀了幾本破書，就是一瓶醋，又酸又賤！你們覺的呢？」

「是啊是啊。」有人應著，屋子裡的空氣有些尷尬。

「今天不說別的，只是想瞭解瞭解情況。學院以前的事我們也不大清楚，還希望同學們提供。」

「指導員，您儘管問好了。」小蔡坐在後面提高嗓門搭話。

「聽說你們有個群眾組織叫『紅衛兵文藝縱隊』，都是誰參加了啊？」

小蔡掃了一眼屋裡的同學：「哎喲，差不多都是哈。」

「後來又成立了『首都紅衛兵文藝軍團』也是你們的？」

「是，也不是，『首都紅衛兵文藝軍團』是中央直屬文藝界各單位同屬這一派的大聯合組織，就像聯合國。『紅衛兵文藝縱隊』只是我們學院的群眾組織，也是文藝軍團裡的成員之一，而且是重要成員之一，因為我們是發起單位。張布既是『紅衛兵文藝縱隊』的頭兒，也是『首都紅衛兵文藝軍團』的頭兒。」小蔡解釋道

「原來是這樣。」指導員撓撓頭：「什麼文藝縱隊呀，文藝軍團的，實在有些搞哎。」

指導員在筆記本上用鋼筆費勁地記著：「那個叫什麼文藝軍團的是大號組織吧？啥日子成立的？沈懿德同學說說？」

被點了名的沈胖學著指導員撓撓頭：「大概是六七年夏天吧，好像很熱。成立大會也很熱鬧，我記得是在東華門那兒開的。用席棚搭了個大檯子，軍團組織的各單位人都來了。那天是大晴天，太陽忒毒，又沒樹蔭，我帶了頂草帽，扛著文藝縱隊的隊旗，身上斜挎個軍用水壺，向毛主席保證，裡面的水曬的都快開了。」

「沒錯。」小蔡又搭話：「陽光火熱，日頭扯足了勁兒的曬，紅牆、黃瓦、大藍天再加上彩旗飄揚五色標語鋪天蓋地那叫一個「色（音shai）兒」啊！五彩繽紛，亮調子。震了嘿！」

「咋又『震了』『震了』的，像小流氓似的，以後不許說。」一排長打橫裡插一句。

「不說了，不說了。那咱就改『棒了』『棒了』好吧」小蔡有

點兒不高興。

「是不是王震山老師的名字就得叫王棒山？」一個同學打趣。

「哈哈哈」同學們笑起來。

「五洲震盪風雷激，就得改成五洲棒蕩風雷激」小蔡乘勢添油加醋。

「嚴肅點！」指導員厲聲打住：「毛主席的詩詞也敢隨便改？說話越來越沒邊兒了。回去好好檢討，忠字還有沒有心了？」

同學們的笑聲戛然而止，有人拼命捂著嘴，埋下身子。

「還是回到東華門大會。」停了一會兒，指導員繼續說：「你們能回憶起會上誰發言？講了些啥？」

同學們沉靜著。沈胖又撓撓頭：「大會倒是挺熱鬧的，各院校頭頭們都發言了吧。當時大家超興奮，跳呀叫呀的也沒心思聽主席臺上講什麼，就見張布一身的綠軍裝，紅袖箍紮在袖口上，抓著話筒杆嘴巴一張一合像雞頭搗米一個勁兒的點頭。說了些什麼，沒印象。就是平日裡常說的大話吧。」

「喊口號嗎？你們記得麼？」

「記不得了。大熱天的，要不是為我們這一派在社會上壯聲勢，真懶得去。」一個同學說。

「去的人多嗎？」

「可多啦。」小蔡又興奮起來：「舞蹈學校，音樂學院的同學真帶勁兒，唱歌跳舞那是專業水準！能把老百姓的宣傳隊甩出幾條街！大喇叭、廣播車朝著東華門大街可勁兒地喊，連王府井的人都跑來看。」

這會兒從門口探進個人頭來，是陶延。許是同學們嗓門大了點兒，驚動了隔壁的女生宿舍。陶延忍不住跑過來想探個究竟，見是在開會，不好意思地吐了吐舌頭便轉身要回去。指導員反應快，急忙叫住：「別走啊，小陶。進來聊聊。」

這麼一邀請，陶延反而不好意思了，只得低下頭進門靠牆邊站著。

「你們在東華門真的沒有幹別的嗎？」指導員繼續提問。

同學們面面相覷，一時摸不清指導員指的是什麼。

「小陶說說？」指導員又點名。

陶延抬頭，結結巴巴問：「東華門？什麼事？」

「就是文藝軍團在東華門成立的那事，六七年。」有同學解釋。

陶延愣了一會兒：「噢……啊！那事兒啊，我去過。滿天紅想看舞蹈學校怎麼跳忠字舞，所以一起去的。我倆怕看不清還一個勁兒地往前擠，弄的滿身大汗。後來大會結束，我瞧人們不是往東華門大街走，卻反穿東華門往午門那兒去了。我還挺奇怪的呢。」

「對，有那麼檔子事兒。」沈胖接著話茬說：「節目演完還有空餘時間，有人提議不如從午門、天安門那兒繞一圈，擴大擴大影響。張布說，好主意。結果他帶著隊伍又是敲鑼打鼓，又是舉隊旗，浩浩蕩蕩走了天安門。」

「哦。」指導員饒有興趣在筆記本上仔細記下。

這回指導員坐在連部裡屋自己的床邊，示意沈胖在對面連長的床上坐下。連長的床單雪白平整無一點折印，被子疊的像塊方豆腐，沈胖不敢放肆，並著兩腿，屁股尖兒坐在床沿兒邊，畢恭畢敬地面向指導員。指導員的厚嘴唇又被鬍子茬包圍的密不透風。一隻軍用搪瓷茶缸擺在臺上冒著熱氣，散發著茶葉的芳香。

「沈懿德同學。」指導員和藹地說：「咱們在查『516』組織的這一戰鬥中，你表現很好。你放心，我們是記在心裡的。不過，咋兒說呢？」指導員身子向後仰了仰：「『516』既然有了組織——那他們可不是天橋的把式，光說不練吧？得有點兒事幹幹吧？肉上的蛆子不鼓悠（蠕動）顯不出它來啊。所以，你知道張布這小子為『516』幹了哪些事？」

幹事兒？沈胖愣住了，前一段光想著有沒有加入「516」組織這檔子事，以為承認了就沒事了嘛，怎麼還有「事兒」？

「哎呦，那時我們活動可不少，不知哪樣是『516』幹的呢？」沈胖試探著回答。

指導員停頓了一下，看著沈胖，帶胡茬的厚嘴唇抿著似乎在猜測沈胖的心理活動。

「我知道，你和張布是同班同學，人家說你們又住在一個宿舍裡。多少知道點兒啥事吧？」指導員略略施加了點壓力。

沈胖無語，低頭像是在想什麼。

「當然了。」指導員繼續說：「黨的政策你也知道。你和張布是不一樣的，他是『516』核心分子，你們只是屁股後面跟著幹的。受蒙蔽無罪嘛，反革命罪行要記在他們的頭上。」指導員又笑了笑：「比如前兩天咱們談的東華門大會？」

沈胖抬起頭：「就是『首都紅衛兵文藝軍團』成立的那次大會？」

「是呀，你們咋兒還在那兒呢？」

「那兒離各院校都不算太遠，場地也大。」沈胖不假思索的回答。

指導員搖搖頭，歎息道：「小沈啊，階級鬥爭是不可想像地複雜！你怎麼不往這兒想呢？我問你，東華門靠近啥地方？」

「什麼地方？」

「中南海呀！」

「中南海？」沈胖一時轉不過彎來；「當中還隔著個故宮呢？」

指導員一時語塞，他沒有去過北京，東華門靠近中南海是白教導員說的。沈胖半路殺出個故宮，令他所料不及。不過他的腦筋轉的還算快，隨即試探地問了一句：「故宮和中南海靠在一起吧？」

「對呀，原來都是皇上住的地方。」

「那不就得了！」指導員立馬厚嘴唇咧大了：「還分什麼故宮中南海的，在那兒開會『516』就是沖著黨中央示威！」

沈胖差點笑了出來，這哪兒跟哪兒呀。不就開個會嗎？你就是鑼鼓敲得震天響，喇叭可了勁兒地吹。中南海也聽不到半個音符。

指導員知道漏了怯，心中不快，看著沈胖微紅的臉，不由得亮出第一斧：「你們可是遊行到了天安門！為啥？！」

沈胖這下澈底無語，他心裡明白，要是東華門大會戴上了「516」這頂帽子，你再說遊行只是為了擴大影響，恐怕誰也不相信了。

指導員仍舊盯著沈胖的臉，砍下第二斧：「你知道東華門大會前幾天，張布的祕密會議嗎？」

「不清楚，就知道開會前張布挺忙乎的，跑進跑出，一天到晚腳不著地，連宿舍都少呆。」沈胖小心守著陣地說。

「他就是在和『516』們密謀，商量著怎樣對抗周總理。」指導員語氣肯定地說。

沈胖半信半疑，張著大嘴看著指導員。

「我們已掌握了大量材料，說明張布和『516』分子們有密切聯絡。東華門大會就是他們的陰謀之一！」說著指導員站起身子拍拍沈胖的肩膀：「小沈呀，啥事都要以階級鬥爭的高度看，你才能心明眼亮，看得遠，立場堅定。回去好好想想，寫個材料給我。」

回到宿舍，沈胖這下沒有心思打坐了，索性臥在炕上，枕著被子，心不在焉地翻著毛主席語錄。蕭水想提醒他學習時間不能躺著，但看沈胖那張陰沉的臉，決定不惹他，反正三排長不在，由著他性子吧。

躺在炕上的沈胖腦子裡象水開了鍋似的翻騰著，自己也不知道在想什麼。東華門大會紛亂的彩旗、橫幅標語在眼前來回晃動，白的、紅的、黃的、黑的不知是飛舞的旗幟還是淌著墨汁的粗體大字輪番交換出現。東華門、午門、天安門的輪廓也分不清了，甚至大會在哪兒開的都有些猶豫了。是不是記錯了，應該是在天安門？真想不到，激動人心的大聯合怎麼就成了「516」的陰謀詭計？那時就知道憋著一股勁兒定與對立面「井岡山」爭高下，看誰的人多勢大。沒來由怎麼一下變成了項莊舞劍了呢？口號？烈日當頭，誰有工夫去記那些聲嘶力竭的叫喊是什麼內容？再精明的人也不會悠閒品味那亂糟糟的喧囂中應景發言裡有什麼「春秋」含義？「516」費老鼻子勁兒搞這個幹嘛？不過，反過來說，指導員言之鑿鑿說有大量材料證明，「516」確有陰謀，解放軍也不會騙人吧？真要上綱上線，陰謀論不是沒有道理的，否則張布他們為什麼偏要在東華門辦事？哎呦，這個「516」也真夠陰的，人不知，鬼不覺就把我們當槍使了。指導員要我挖空心思揭發，這有什麼好說的？張布開祕密會又沒請我參加，我知道個啥？事後也沒告訴我，我又不是他的親信，只不過跟他住一宿舍罷了。所以呢，陰謀和我沒關係。剩下的就是指導員那裡怎麼交待？寫個流水帳恐怕過不了關。不管他，反正東華門大會是明面的事兒，都是人人看得到的公開事，有的人可能比我記得還清楚呢。此事大夥都裹在一起瞎參合，要說有問題，陪綁的人多得去了，怕啥？想到這兒沈胖翻身從書包裡掏出筆和信紙趴在床上就寫起來，唰唰唰筆帶著他的思路在紙上飛快地變成了文字，寫著寫著沈胖漸漸進入了腳色，連他自己都覺得他也在搞「516」陰謀了。

在吃晚飯的路上，沈胖遇見了指導員。他猶豫了一下，還是掏出寫好的材料低聲說：「這是我的揭發材料。」指導員就著窗口的燈光匆匆掃了幾眼，高興地說：「這就對了嘛，我就知道同學們覺悟提高的最快，以後有什麼問題就直接找我們，不要見外。哦，還有一件事，你知道劉順貴這個人嗎？」

「知道呀，後勤組的。」

「他和張布關係怎樣？」

「他是張布的跟包，兩人磁得很。」沈胖為了表功，有意顯示他知根知底：「文化大革命前，劉順貴是我們系裡的教具管理員，什麼畫筆、畫布、顏料等等全歸他管，張布不知搞了些啥手腕，倉庫就像他自家的，想拿什麼就拿什麼。可我們去領些材料，劉順貴眼皮子一翻好像我們欠他一輩子情似的，難著吶。文化大革命了，兩人關係倒了個過，劉順貴整天跟在張布屁股後面端茶倒水的成孫子了。哎，他已經死了，指導員您提他幹什麼？」

「沒什麼，我們查大學營名單沒這個人，想問一問。」

沈胖交完材料，覺得一身輕。第二天找了個藉口，邀蕭水找小蔡散散心。

野地裡幾隻羊東一個西一個正忙著啃草根，北風吹過還真有點刺骨，小蔡躲在凹地裡靠著大狼狗「催催」，大衣的翻毛領子豎著，縮著個頭也不知在想什麼。小花，一隻黑白相間的小狗在羊只和小蔡之間跑來跑去，見沈胖蕭水過來，沖著他們「汪汪」叫得歡。

「哪股風把你們吹來了？」小蔡見狀急忙起身迎了上去。

「念記著哥們兒，偷著跑出來，看你咋放羊。」蕭水回答。

「這風可夠硬的，吃得消嗎？」沈胖在一旁插話。

「夠嗆，沒有催催我得凍死。你別說，這狗比人還會體貼，知道我怕冷就蹲在那兒讓我靠著，它那長毛還真擋風，暖和著吶。」

「再冷下去，你咋辦？」蕭水關心道。

「這會兒還行，到了三九天再看吧。熬不住就躲家裡，等好天再放它們遛遛，要不然家裡的乾草不夠。」

「這活兒苦不苦？」蕭水又問。

「你說苦不苦？」小蔡露出一副後悔的表情：「大江不想幹了，三天兩頭說頭痛。我是捨不得這些羊。」

「呦呵，你還和羊同志們有了感情？」沈胖大笑起來。

「動物也是活物，它們也有脾氣，跟人一樣。」小蔡回頭看著遠處的羊：「做一天和尚，撞一天鐘，走著瞧吧。」

「東華門大會你交代了嗎？」沈胖忽然收起了笑容。

小蔡眯起了小眼看著沈胖，停了片刻：「交代了呀。」

「你怎麼說的？」

「就照你說的呀。」

「照我說的？我昨晚兒才交的材料，你怎麼知道？」沈胖奇怪了。

「咦，指導員告訴我的，都好些天了，他那麼凶，像要吃了我，拍桌子講沈懿德都交代了，你還想頑抗！嚇得我只好按他說的寫。我還以為是你交代的呢。」

「這個指導員搞什麼鬼名堂！」沈胖有點惱了：「下回咱得防著點。」

蕭水看著他們倆，忽然想起白墨的話：沒有的事，偏要去承認，禍將附矣。

回來的路上，蕭水遠望草泥搭成的營房真像一葉扁舟被蒼天壓著，在浩瀚的蘆葦大海中孤獨地飄蕩。

第四章

窗外的天陰沉沉的，沒有風。偶爾幾片小雪花在空中飄蕩。草屋頂上，灰黃的土坯煙囱頂著個熏黑的頭，吐出懶洋洋的青煙。白教導員掛上聽筒，搖了幾下電話機的搖柄，回頭就叫小文書從他身後的檔案立櫃中取出一袋卷宗，放在兩頭沉的桌面上。他仰靠在椅背上喝著茶瞄了一眼卷宗，那卷面用鋼筆寫明：「工宣隊遺案」。卷宗的右上方還畫了個紅圈。白教導員沉思了一會兒，用手撫摸著卷宗，然後抽出全部材料，很快翻到了一份他想要的文件，是張布寫的。

從工宣隊轉來的材料很多，白教導員叫專案組分類整理，寫出簡明提要。只要他能抽出時間，便差使專案組人員將簡明提要讀給他聽。其中一類檔案他聽的很專心，隱隱之中預感這裡有戲。果然在一次例行彙報中有一份交待材料令他為之一振。他特意留了這份材料並仔細讀了一遍，相當的滿意，並鄭重在卷宗右上方畫了記號。那時運動剛剛開始，白教導員認為時機還不到。今天團部政委來的電話，促使他意識到，應該是再細細琢磨琢磨的時候了。

材料是用白報紙寫的，洋洋灑灑十幾大張。白教導員最感興趣的是其中一段：「那天晚上我在勤務站（紅衛兵文藝縱隊辦公室，原舞美系主任辦公室）的沙發上睡覺。忽然被一陣吵鬧聲驚醒。正煩著，沈胖推門進來說練功房著火了。我嚇一跳，裹了件大衣就跑去看。那個地方除了大串聯時供外地學生們當宿舍外，基本上就空關著。大家都忙著搞運動，誰還有心思練功？練功墊子早就長毛了。我到達現場時火已撲滅，滿屋子全是煙。等我確認屋內再也沒有火苗，便命令打開所有的門窗。好一會兒才看清了整個房間的形勢。火是從房屋中間的練功墊燒起，焦糊糊的已經燒了一個大角。估計練功房門窗緊閉沒有空氣流通，棕櫚墊又不好燒才沒形成大火。這起事故看起來沒啥大事，也就是個有驚無險。可是我無意踢了一腳燃過的灰渣，發現有些殘片居然是毛主席像的部分。再往牆上看，練功房必掛的毛主席像不見了。顯而易見縱火者是從牆上扯下毛主席像做火引子的。這可不得了！分明是階級敵人把矛頭指向偉大領袖毛主席！並公開向我們無產階級挑釁！反革命氣焰太囂張了！看來這件失火事故已上升到嚴重的政治事件。事後我們做了大量調查，但始終搞不清縱火者是誰？他為何這樣做？只是單純的針對毛主席呢？還是另有意圖？材料收集了不少，沒有一件是有說服力的證據，因此到如今依然還是懸案。」

白教導員把這段看了兩遍，手指在桌面上不停地敲打著。剛才電話裡政委又風急火燎地催我們擴大戰果。說中央講的「516」罪行絕不是什麼喊喊口號搞個遊行什麼的，他們還會有更陰險的活動。應當儘快地挖出來！還有什麼可挖的呢？撥了來撥了去，小小的學院就那麼點兒破事，能上綱上線的更少。我早就說過，俺瞧上的那幾件案子就可以用嘛。不是我自誇，老子階級鬥爭的嗅覺還是蠻靈的咧。張布交待的懸案就不應該是懸案嘍，那裡大有文章可做。放火、劉順貴、劉順貴跳樓，等等。我們為什麼不可以把它們串起來？定性為「516」反革命集團的罪行？「以階級鬥爭為綱，綱舉目張」！在毛澤東思想的顯微鏡下，敵人的陰謀才能原形畢露！我把話撂這兒，誰敢說個不字！

手指敲打桌面的聲音逐漸有了節奏，一拍一拍：「北京的金山上光芒照四方……」

上午讀毛著休息時間，蕭水拎著水壺打水。走到蓄水池邊彎腰掀起蓋子，用舀子撇開浮在水面上的冰塊，灌滿一壺水，正準備起身離開。豁口那兒傳來腳步聲，回頭一看卻是滿天紅。

「小蔡在哪裡？」滿天紅招呼也不打劈頭就問。

「放羊去了吧，找他幹啥？」

「走，帶我去找他。」

「你自己去不就行了嗎？幹嘛還叫我陪著？」

「傻呀，想你了唄！」滿天紅嗔怒地打了蕭水一拳。

「哎喲，小聲點兒行不行？好好好，我陪你去。」

「這不結了，非得讓我把話說明白了你才幹？」

打聽好小蔡放羊的位置，兩人離開了營房。

「你還沒告訴我，你找小蔡幹什麼？」蕭水還是很好奇。

「專案組叫我問劉順貴的事。」滿天紅低頭扯了扯衣襟降低語調。

「怎麼又提起他的事來？」

「你們幹嘛要抓他？」滿江紅沒回答，卻抬頭反問道。

「同學對他的勢利眼很看不慣，文化大革命前他不就是個管畫具的嗎？你也知道，那張臉比資本家還壞，顏料像是他家的。文化大革命了，我們掌權了，張布倒成了他的老闆，屁顛兒屁顛兒的，眼睛裡只有張布。我們當然很不爽，說這小子又犯賤了。都什麼時候了，張布是頭頭不錯，但那不是黨委書記，是勤務員，是我們選的。他不好好幹，我們可以造反讓他下臺。大家越想越氣，決定找個法子整整這小子。拿什麼說事呢？有人想起運動前他曾在倉庫裡說過屋子太小，牆上的毛主席像既占地方又礙事，能否挪到外面去？這不是對毛主席大不敬，仇恨毛主席嗎！話雖這麼講，可是就依這句話抓人，未免小題大做。又有人進言，運動前就聽說劉順貴成分不好，不妨查查他的歷史。我們到人事科翻他的檔案。沒成想還真逮著了，原來他是北平日偽時期的警察。好嘛！這還能饒了他？立馬抄家，要他交代漢奸罪行。他哭著說，他就是個小警察，只是想養家糊口，混口飯吃，雖然現在看來走岔了道，但也沒幹什麼缺德的事啊。我們不依不饒與他爭論。大李就是階級鬥爭眼光高。他發現劉順貴家的五斗櫥上供著一把帶刀鞘的新疆維吾爾族短刀。立刻就把劉順貴揪過來問：這是什麼？劉說這是師生們到新疆寫生時帶給他的。大李又問：那是什麼？劉抬頭說毛主席像。好，大李說：你把刀擺在毛主席像下面什麼意思？劉懵了，半天說不出話來。」說到這兒蕭水差點兒笑出來：「大李得理不饒人，來了勁兒，一根繩子把劉順貴綁起來，押到辦公室裡關起來。」

滿天紅哼了一聲：「你們這幫子小青年，激情旺盛，個個傻樣。」

「哎，你可不能這麼說，我們是積極響應毛主席偉大號召，清查階級隊伍，那可是正兒八經的革命行動。」

「好了，人也死了。我看你們怎樣收場。」

說著說著就看見小蔡的身影。小花狗最早發現他們，一邊跑來跑去，一邊沖他們「汪汪」地叫。大狼狗催催老成些，見是熟人低聲叫兩聲算是打個招呼。小蔡沒穿大衣，歪戴著帽子，喘著氣迎上來：「喲，胭脂紅妹，大駕光臨，未能遠迎，失禮失禮。」

滿天紅不理那茬兒，直接就問：「劉順貴跳樓，你在現場嗎？」

「在呀。」小蔡點點頭。

「那是怎麼回事？」

「許是家裡出了問題吧？他老婆是在小學做什麼雜工。學校清查階級隊伍發現她是地主家小姐。好傢伙，這可不得了。小學生們打起來不知輕重，一陣亂棍，他老婆就起不來了。我們聽說死到沒死，但也差不多了。劉順貴是離不開老婆的，別看他在咱們這兒哈巴狗似的。回家就是太上皇，衣來伸手飯來張口，老婆伺候得嚴著那。大李嫌劉順貴不老實，就把他老婆的事說出來，原想壓壓他的反革命氣焰。不料劉順貴一聽不但沒嚇著，反而歇斯底里起來，又哭又嚷嚷：我上輩子做什麼孽了啊！誠心遭劫我。當警察就是趴在地上當狗，得看頭兒的臉色行事，一天到晚跟孫子似的提心吊膽。他不順心就抽你嘴巴子拿你出氣。解放了，你們翻身了，我他媽的又成了反動派的走狗，天天還得點頭哈腰不敢得罪人，還是跟孫子似的提心吊膽，沒准哪個運動來了拿你做典型，五花大綁把你拉出去斃了都可能。我怎麼就兩頭不討好呢？這日子是人過的嗎？老婆呀，我跟你走算了。聽他這麼說我們緊張了，他別做什麼出格的事兒來？小心看管了幾日，沒見什麼動靜，以為他也就是發洩發洩，過去了也就沒事兒了。誰知那天他說要上廁所，我們也沒在意，隨他去。不一會兒就聽到『啪』的一聲，有人叫「跳樓啦，跳樓啦！」我們伸出頭往下看。媽呀，是劉順貴！我們急忙跑下去，就看見他趴在水泥地上還活著，身體歪歪扭扭不成人形。他一隻胳膊撐著頭想爬起來，可瞧下半身，胯骨、兩腿都脫了節擰成麻花，根本不像是他的腿。我估摸著不是脊椎斷了就是大腿骨折，哪兒能站得起來呢，坐都不一定成呢。再瞧他的臉，我這一輩子都不能忘記，那個叫蠟黃蠟黃。眼睛睜大著比平時還晶亮，可又覺得眼神特空洞，直直的，像盯著啥又像沒盯著啥，這哪兒是人的眼睛！沒見過鬼吧？當時的劉順貴就是鬼。這場景，大家都嚇呆了，原地站著，誰也不敢過去。直到不知是大李還是誰說了一聲，送醫院吧？我們這才壯著膽子，小心翼翼試著圍過去。還好他沒有反應。趕忙找了輛排子車拉他去了急診間。醫生渾身上下摸了摸說，你們送這兒來幹什麼，裡面的五臟都不在位置上，怕是在肚子裡亂了套，沒救了，送火葬場吧。」

滿天紅倒抽了一口冷氣，擺擺手：「別說了，別說了。」

「哎？你問這個幹什麼？」小蔡忽然想起來。

「我也不知道，是白教導員讓問的。」

「不會劉順貴也是『516』吧？」小蔡嘿嘿一笑。

「那是他們解放軍的事，我只管聽喝。快把大衣穿上，凍死你，可別怪人家當你是劉順貴。」

「哎呦！您別咒我。工宣隊在時我們都交代過。師傅說大方向正確，他是自絕於人民。所以也沒把我們怎樣。」

離開小蔡，在回營房的半路上滿天紅神祕地靠近蕭水：「給你透露個消息，白教導員問我劉順貴跳樓，蕭水在場嗎？我說好像沒有。」

「真的沒有。」蕭水急忙解釋：「那會兒我覺得劉順貴小人物，不值得大動干戈。關個兩天教育教育，放了吧。大李他們不幹，說有劉順貴在手，對立面就不好說什麼，這是紅衛兵文藝縱隊的資本，不能輕易放掉。我說不過他們，就轉到大批判組。打筆仗最好，又練毛筆字又煉寫作能力，一舉兩得。」

「你呀。」滿天紅感歎了一聲，突然伸手扭了一下蕭水的臉蛋：「真是個有福的人！」

蕭水沒料到滿天紅來這麼一手，躲不及立馬羞得滿臉通紅，結結巴巴說不出話來。滿天紅見狀嘻嘻笑出來，挽起蕭水的胳膊：「走吧，回去跟三排長說你陪我遛彎兒去了。」

幾天後，白教導員又來到張布的審訊室。還像上次一樣，白教導員在椅子上坐著，隔著桌子張布揣著手坐在自己的床鋪邊沿兒，大牡丹花在他的小腿肚後耷拉著。這回白教導員顯得輕鬆許多，像聊家常，問了些什麼睡覺好嗎？晚上冷不冷？有什麼要求別不好意思跟文書小王講等。張布應付著，極力表現無所謂的樣子，但卻小心地選擇詞語。審訊室一片祥和氣象。牆角磚砌的土爐上直筒狀的生鐵水壺發出的嗞嗞響聲映襯得室內更安靜。

聊了一會兒，土爐子上的鐵壺咕嚕咕嚕開了。白教導員站起身給自己沏杯茶，又給張布杯子添些水，順便看了看爐堂內，隨手加了一鏟煤球。似乎很自然地聯想起什麼，轉頭問張布：「對了，聽說你們學院曾著過火，差點兒把練功房燒毀。有這回事？」

張布眼珠子轉了轉，說：「有啊。那是半夜裡我正在辦公室睡覺，聽得外面有人叫：著火了，著火了，練功房燒了。我趕忙跑去，還好火勢不大，同學沒撲幾下火就滅了。只有滿屋子煙。」

「又聽說這事定性為反革命政治事件？」白教導員拍拍手上的灰轉到桌子邊。

「沒錯。」張布回答：「清理現場時發現引火的材料竟然是原來貼在牆上的毛主席像。當時就認為這不是簡單的縱火案。」

「唔，查出是誰放的火嗎？」

「沒有，工宣隊也查過，沒有結果。」

「劉順貴這個人你知道吧？」白教導員彎下腰仔細盯著張布說。

張布沒有回避，溜圓的眼睛與白教導員對視，相持了幾秒，又眨巴眨巴眼：「知道，前幾年跳樓自殺了。」

白教導員直起身子，背著手在房間裡來回度步，並有意拉長了聲說：「在你們交待的材料裡，劉順貴有一樁是主席像與新疆刀子的事，對吧？」

「那是大李、小蔡他們揭發的？」張布眯著眼試探著問。

白教導員揮了揮手：「不管誰揭發，有人今天表現得很好。我只問你有沒有這件事？」

「有。」

「還有劉順貴管倉庫時嫌毛主席像礙事的說法？」

「也有。」

「好，你有沒有把這些事和火燒練功房聯繫在一起？」

張布又一次瞪圓了眼睛，張了張嘴，沒說出聲來。

白教導員再逼一步：「你沒看出來它們有一個共同點？」

「毛-主-席-像！」白教導員一字一頓地說。

「您是說練功房是劉順貴燒的？」

「這怎麼是無頭案呢？」白教導員沒有直接回答。

「好吧，你自己考慮考慮寫個材料。」白教導員結束了談話，起身走出審訊室。

張布往床上一趟，兩手墊在腦後，眼睛直視前方，心裡掂量著白教導員的幾句問話。是誰他媽的又把這事兒給捅出來？大李？這小子最滑頭，牆頭草一個。真倒了一輩子楣！我怎麼認識個劉順貴，跟他甩不乾淨呢？這幾件事串在一起誰敢說個不字？好了，劉順貴你就是親自從陰間爬出來也百口莫辯。活該！管他呢，人也死了，可勁兒的把髒水往他身上潑吧，反正和我無關。想到這兒，張布忽然警覺起來，白教導員問這事幹嘛？張布騰地坐起來。

516！劉順貴也是516？

張布立刻嚇得一身冷汗！

小蔡正在羊圈裡忙活，準備一會兒趕著羊出去吃草。一抬頭，指導員和一排長正站在羊圈外看著他。

「小蔡幹得不錯啊，羊兒們快成群了。」指導員笑嘻嘻地說。

「我也沒想到它們繁殖的這麼快。」

「等到了春節咱連可以吃手抓了。」一排長湊熱鬧插一句。

小蔡聽了表情很不自然地咧嘴笑。指導員看出來了，斜了一排長一眼：「就想著吃！這羊也通人性，時間長了是會有感情嘀。你說是吧？小蔡。」

小蔡點點頭：「一排長也沒說錯，養羊不就是為了吃嘛。只是動刀時別讓我看見就行。」

「出去放羊注意保暖，以後西北風刮的硬就不要外出了。家裡的草料夠用吧？」

「我估摸著夠用，再加上一有好天，葦子地裡暖和點兒就放它們出去遛遛，過冬該沒問題。」

「唔。」指導員點點頭。從表情上看他非常滿意小蔡的工作：「幹的不錯，這麼冷的天兒，還能堅持下來不容易，要是在部隊裡早該給你記功啦！」

小蔡聽了，身子有點兒飄，忙不迭地高尚一下：「這點兒事指導員還惦記著。廣闊天地舉紅旗，胸懷四海迎朝陽。蘆葦灘就是磨練我們身心的好戰場。」

指導員聽了哈哈笑起來：「你們肚子裡就是墨水多。好好，提個問題可不？」

「不敢，您說。」

「你也不能光低頭拉車不看路啊。搞運動也要你這股子勁兒呢。」

「那當然，我一定聽黨的話。」

「舉個例子，據革命群眾揭發，張布和那個死去的劉順貴關係……」

「鐵呀，以前張布拍劉順貴的馬屁，文化大革命了，劉順貴又拍張布的馬屁。」

「那張布是『516』，劉順貴會不是『516』？」

「應該是，我想。這麼聽話的工具他不用，傻了。」

「痛快！晚上寫個材料給我。」

「喲！我可不敢肯定，我只是推測。」

「沒關係，怎麼想就怎麼寫，就照剛才你說的寫。」

這回張布的審訊室就沒那麼安靜了。「呼啦」一下子湧進七八個大小夥子橫排站著。張布用眼掃了一遍，都是表演系的，還都是「井岡山」的。所有人一色兒的沒有紅領章點綴的綠軍裝，個個繃著臉，叉著腿，有的還抱著胳膊。滿眼的「綠牆」令張布心裡堵得慌。而「綠牆」後面土爐上的水壺依然嘶嘶地做響，可是沒有了靜謐的映襯感，有的是快要崩斷了弦的緊張。

室內唯一的椅子空著，隔著桌子擺在張布的對面。扶著椅子背站著個人，他認識，但不熟悉，只知道姓遲，既不是「井岡山」的頭頭，也不是「井岡山」的幹將，好像運動初期鬥黑幫時紅過一陣。後來就在學院裡銷聲匿跡。此人粗眉，瘦長臉，嘴裡叼著根香煙。張布一眼就認出那是最便宜的阿爾巴尼亞捲煙，一毛多錢一盒，味兒又凶又臭。那盞從房頂的梁子斜拉下帶搪瓷燈罩的電燈泡，昏黃無力。一團團青煙在燈光下緩慢地漂浮。

「教導員看過你寫的材料了。」瘦臉遲扯下嘴裡的香煙，然後提高嗓音：「很不滿意！」

張布抬眼看著瘦臉遲，心想：還用你說，老子場面見得多了。想下套？哼哼！

瘦臉遲黃手指夾著香煙在空中劃了一圈：「你在回避！」張布

垂下眼睛不回答，一副隨你便的表情。

瘦臉遲背了一段毛主席語錄，鋒頭畢露直奔主題：「說！劉順貴是不是516？！」

「他不夠格，他是歷史反革命，怎能加入群眾組織呢？」

「516是群眾組織嗎？」瘦臉遲扔下煙頭。

「我說錯了，不過他這身分什麼組織都不能參加。」

「反革命組織呢？」

「您別繞圈子，沒人明知是反革命組織還硬往裡面鑽的。」

「啪！」一個巴掌扇過來，張布白淨的臉頰頓時紅成一片。「嘴還硬！忘了這是哪兒了吧？再問一遍，劉順貴是不是516？」

張布捂著臉，緊閉嘴。心裡更加明白白教導員的意圖了。這可不是鬧著玩兒的，進了這扇門就沒有回頭路啦！等著你的絕不是什麼好果子！

「不想回答，是不是？」瘦臉遲又掏出一支老阿煙，劃根火柴點上，吸一口，將黏在嘴裡的煙絲啐向張布：「給你最後的機會，你自己選擇！」

「我不是說了嗎？像他這種人只能當白丁，沒人要的。」張布轉臉抹掉帶煙絲的口水。

「嘿！你小子吃了豹子膽了！竟敢對抗革命運動！」瘦臉遲揮揮手，幾個「綠軍裝」立刻圍上來。

「不給他嘗點兒滋味，就不知道自己姓什麼了！」話音一落，眾人撲上去，掄拳的，踹腳的，膝蓋頂的一頓亂揍。張布縮著個身，抱著頭，竭力申辯：「我真的不知道！要不他參加了別的516？哎喲！要文鬥，不要武鬥……」話還沒說完，身上挨的拳腳更加密集，中間還夾雜著訓斥：「革命不是請客吃飯！」「對你這種人就得用無產階級專政的鐵拳頭教訓教訓！」

過一會兒，瘦臉遲伸直胳膊揪住張布的衣領子從人堆裡拽出來，咬著牙說：「想頑固到底是吧？死路一條！你以為你死鴨子嘴硬，反革命罪行就沒啦？妄想！」說著從兜裡掏出一張紙，在張布的眼前晃了晃：「人家都已經交代了，劉順貴就是516！我們審問你就是給你一個機會，看你想不想悔過自新！」

「人家是人家，我總不能依著您的意思瞎編吧。」

「你小子苦頭沒吃夠吧！跪下！」

……

瘦臉遲提醒「綠軍裝」們，活幹的要漂亮，面子上不要看到傷跡，找軟肋下手，讓他痛在心裡。

審訊延續到深夜仍然沒有結果。瘦臉遲只好採取了輪番上陣戰術，一部分人出去休息，一部分人堅持戰鬥。屋子裡懸吊的孤燈也累的昏昏欲睡，老阿煙的嗆鼻臭味兒像醬缸一樣濃，牆角的土爐奄奄一息，頂上的水壺也沒了生氣。瘦臉遲披著軍大衣坐在桌子的角上，嘴唇粘著一隻老阿煙。張布也蔫兒了，煙熏拳打折騰的他頭昏腦脹，疼痛難熬。

「跟你明說了吧。」張布抹了一下嘴唇：「你這是要往死裡整啊。劉順貴是516沒什麼，反正大家都是516。可一旦他背了個火燒練功房罪名，這問題就大了。按你們說法放火是有預謀的，劉順貴和我都是516，劉順貴又是我的跟屁蟲，什麼事都言聽計從。所以說我與他合夥策劃，那真是順理成章的事，我能逃的了干係？傻子都會相信。再說了，中央516號通知：殺人放火是刑事罪犯，沒有什麼受蒙蔽無罪之說。我如果認了這條，那就不是站錯隊的事，而是直接進監獄！」

瘦臉遲咧嘴冷笑一聲：「你小子還挺聰明啊！知道這事情的嚴重性！你們516作惡多端，反動透頂！告訴你，你們不僅放火，還殺人呢！」

張布一下驚起：「姑奶奶喲！您別再往上加罪名了！單放火的事就讓我吃不了兜著走！再殺人還不槍斃了我！」

「哼！你以為呢？516能放火，就不能殺人？劉順貴是怎麼死的？」

「他是自己跳樓自絕於人民！」張布急忙說明。

「沒那麼簡單吧？放火的人死了，你再不承認。這案子可真成了無頭案。你說這是不是殺人滅口？」瘦臉遲伸直手掌在自己的脖子上一抹。

「你們這是栽贓！」張布氣急敗壞地瞪著眼睛嚎叫。

「你以為摔死劉順貴就一了百了？解放軍、革命群眾的眼睛雪亮！階級敵人想逃避人民的法網，休想！」瘦臉遲得意地回答。

「這不是事實！我不承認！」張布一心防著放火這招，卻沒想到半路突然襲來殺人這一棒。瞬時令他措手不及。

「你不承認也得承認，這是鐵的事實！否則你永遠解釋不清516的劉順貴為什麼死！」

張布慌亂不已，一時說不出話來。

「好啦，承認吧。」瘦臉遲擺擺手，背後的「綠軍裝」遞上一張口供記錄。瘦臉遲將記錄攤在桌面上，接著說：「簽個字吧，坦白還可以從寬呢。」

張布抬起頭，沒緩過神來。

「簽字！」瘦臉遲強調。

張布依然不動，眼睛盯著瘦臉遲嘴唇上的老阿煙。

「不簽字，那就按個手印吧。」

張布還是沒反應。

「別敬酒不吃吃罰酒！」聽到瘦臉遲的命令，「綠軍裝」們一擁而上將張布按在床上，攥緊他的手。張布這才意識到情況不妙，縮緊身子拼命抵抗。可是他哪裡抵得住那幾個壯漢？掙扎了一番，一隻手終被牢牢按住，瘦臉遲迅速打開印泥盒，幾秒鐘，口供記錄上就留下了張布清晰的手印。

瘦臉遲小心翼翼地折疊好口供，揣進口袋，擺手示意幫手們鬆手。這時的張布仰天攤坐在地上，嚎啕大哭：「毛主席啊！您瞧瞧啊！我沒按手印啊！是他們幹的啊！他們是黃世仁！他們這是逼供！」

第二天上午，白教導員從瘦臉遲手裡接過帶有張布指印的審訊口供，仔細地看了一遍，點點頭：「這就對了嘛，頑抗到底是沒有好處嘀。坦白才有出路。」說畢又抬起頭：「你們審訊他時有沒有遇到麻煩？你們動手了嗎？」

「沒有沒有，我們靠的是黨的政策，做思想工作，擺事實講道理。要不怎麼拖了那麼長的一晚上。要他開口，確實很不容易。」

白教導員鬆了一口氣：這小子幹得不錯，也很懂事。

「我可是沒說過動手哦？」白教導員加重語調說。

「當然當然，我明白。」

這下好了，突破口終於拿下，下一步就是要擴大戰果！白教導員囑咐瘦臉遲先休息休息，準備迎接更大的考驗。

三連的指導員、連長端坐在乒乓球台旁。牆上的布簾已拉開，地形圖又填了許多文字，密密麻麻。紅色、藍色的箭頭像作戰圖一樣劃來劃去。白教導員捧著他那粗大軍綠色的茶缸，面對地形圖：「這場運動已進入實質的攻堅戰。我們再三權衡，選擇三連作為運動的突破口。你們有清查516罪行的幕後人物、關鍵人物，或者說是脅從人物。下一個戰役就要在你們那裡打響，你們做好準備了嗎？」

「我們研究過，這個案子很重，是否再多給點兒時間？總覺著它不是一般的罪行。」指導員兩手搓著大腿小心地說。

白教導員的臉拉長了，烙貼餅子只差這一把火了，怎麼就不給勁兒呢。他按下心中的不滿，裝出關心的樣子：「有什麼難題，說出來，營裡幫你們解決。」

「516放火這事，說是劉順貴幹的我瞧著八九不離十。要說學生們殺人……」指導員顯得有些猶豫

白教導員的不快立刻擺在臉上，話卻這麼說：「我理解，要是在往常日子大家都會這麼認為，可是現在是在搞運動，知道嗎？階級鬥爭是不能講情面的！」白教導員停了一下，繼續說：「要不這樣，你們和二連的同志調換一下，怎樣？」

指導員立刻站起來，立正：「首長放心，三連就是我們的陣地，我們絕不給您添麻煩！」

白教導員露出微笑：「這還像個樣子。」然後走近指導員，收起笑容：「既然你們做出了保證，那就絕不能心慈手軟！知道嗎？

階級鬥爭不可想像的複雜！到現在還不明白？」

「是……不是……是！我們一定牢記首長指示！保證完成任務！」

「先別急著保證。你們呀！」白教導員拉長音，轉身從兩頭沉的抽屜裡抽出一份材料遞給指導員。

白教導員用手指頭點了一下其中的一段：「仔細看看。」

這是張布寫的交代材料：歐陽丁是我們的筆桿子。原來他們戲文系、導演系有自己的戰鬥隊，但因與我們觀點是一致的，算是同盟軍吧。後來和「井岡山」鬥，我們只有舞美系、表演系，顯得身單力薄。就和他們聯合成立了「紅衛兵文藝縱隊」。歐陽丁管輿論宣傳，聞名國外的「東華門記」就是他寫的。

指導員有點摸不著頭腦，這裡面有啥奧秘？白教導員說一半留一半：「你們的任務，先把週邊給我掃乾淨了，只許成功不許失敗。後面的事我也不勞您二位了，營部包了，怎樣？」

離開營部，指導員和連長誰也沒開口，各自想著各自的心事。葦子灘上空陽光明媚，沒有一絲風。通往三連的小路歪歪扭扭，泥塊碎石般的佈滿路面。從遠處拉水的排子車連同六七個壯漢咣當咣當迎面而來。指導員、連長站在路邊讓開，打著招呼。排子車隨後又咣當咣當離去。兩人站在原地不動，目送車子、人影慢慢變小。

三連各班白天規定的活動仍然是學毛著。可是一來連裡沒有下達具體指令，大家不知道學哪一章。二來整日整日的學習，就像流水線上的工人永遠重複一個動作，枯燥機械，索然無味，誰受的了啊！生命物種最忌諱的就是重複、單調，尤其是有思想的物種，那是要發瘋的。所以，調劑調劑，暗地裡開個小差，腦子裡換個環境，在三連營房裡悄然蔓延。勞逸結合嘛，你瞧，五班的成員看似像往常一樣各歸其位捧著個紅寶書像模像樣地在「學習」，其實腦袋裡早放了羊：有的人將毛著攤開放在面前，下面卻偷偷作詩、填詞、寫家信。有的人擺姿態做專心讀毛選狀，耳朵裡卻塞個耳機不知道在聽什麼。有的人拿支筆在簿子上劃來劃去，走近一看，沒有心得筆記，卻是一串串不認得的外文。沈胖前一陣子埋頭奮力地畫，臉上還不時露出得意的微笑。蕭水奇怪，搶過來看，都是一張張的簡單小草圖，像連環畫，但又不具體。

「畫的什麼東西？」蕭水研究半天沒看懂。

沈胖神祕兮兮靠過來小聲說：「電影分鏡頭。怎樣？像不像『鄉村女教師』的電影構圖？有朝一日我當導演了，就這麼拍。」

「喲呵，沒看出你還真有雄心大志啊。」

「小瞧我了。」沈胖得意地說。

不過之後的這兩天，就沒見他再畫分鏡頭了。因為他很「忙」，天天被叫到連部走一趟，回來雖然神態顯得若無其事的樣子，但電影分鏡頭的小本子被冷落一邊，再無被寵愛。

今天已經是沈胖第四次上堂了。這回連部屋裡換了個花樣。檯子推到牆邊，一隻木板箱子放置在空地當中，上面隨意擺上茶杯、香煙、火柴等。指導員也不坐凳子了，和連長、三排長一同坐在馬紮上圍著木板箱。沈胖背朝門隔著箱子與他們相對而坐。

指導員臉上堆著笑容：「小沈呀，不是連裡和你過不去，搞運動就要下樓下到底嘛。洗澡就要洗乾淨嘛。下餃子都開兩次鍋了，不能差這麼一點兒就不煮了呢？」

沈胖兩隻胳膊支在膝蓋上，眼睛看著地：「不就是我和張布的關係嗎？我說過，那時和張布算得上哥們兒。一根繩上的倆螞蚱，沒得說。而且我也說過，以前我們是同班同學，又住同一宿舍。這小子在社會上混過，很能打交道，對我們也不薄，所以關係不錯。後來成立紅衛兵文藝縱隊，我也沒少出力，那時我的話他還能聽。可是後來人出了名，地位也高了，漸漸眼睛裡就沒我們了。縱隊的事未必願和我們商量。」

「練功房著火那陣兒，你和張布怎樣？」連長插一句。

「還行，那時縱隊成立沒多久，他需要我們。」

「有些事他會瞞著你們嗎？」連長手握煙斗，眯著眼睛。

「應該不會吧，巴掌大的地方，抬頭不見低頭見，他也沒地方掖著。」

「火燒練功房這事呢？」

「我不是說過嗎？那是無頭案。工宣隊也這麼認為。據我所知，我沒有發現張布與此案有何聯繫。要說有聯繫，他是縱火案調查組的負責人。」

連長將煙斗裡的煙絲用手指壓緊，劃根火柴，吱吱地連抽幾口，待煙絲燒勻，才張口：「你就沒看到過任何蛛絲馬跡？」

沈胖努了努嘴，搖搖頭：「沒有，至少現在我還不記得他和那件事有什麼瓜葛。我也想不明白，他幹嘛做那事呢？做事總得有動機吧？這事兒的動機是什麼？他要達到什麼目的呢？想不通。」

連長只顧吧唧吧唧抽煙。指導員握著鋼筆在筆記本上劃來劃去，兩人誰也沒搭腔。

三排長看這場面有點僵，趕忙解圍：「沈胖，哦，沈懿德同學，連長、指導員是好心，找你談話就是要幫助你，認清形勢。你要相信黨，相信黨的政策，和黨保持一條心。」

「這個我當然知道，我就是考慮到事關重要，不能掉以輕心。我對黨負責，也要對自己負責。這可不是什麼東華門大街，光天化日是個人都可以搖旗吶喊。」

連長將煙斗裡的灰磕在地上，用腳踢開，不說話了。

三排長帶沈胖離開連部。指導員挺直身子，抬手將筆記本和鋼筆重重的拍在身後的桌上：「這任務咋搞？真窩囊，打不得，捧不得。」

晚上，又輪到蕭水和沈胖值班。照例，他們圍著營房轉圈。等溜達到廚房後門，爐膛內壓著火，有點餘熱。兩人便靠近煙囪取暖。

「今天三排長找我談了，要我做你的工作。」蕭水斜靠著一根柱子眼望著黑乎乎的蘆葦蕩。

「哦，他說啥了？」沈胖有點緊張。

「他大概地講了你的情況，希望我幫你提高認識，說我的話你可能會聽得進去。還說要理解連長他們的心意，也是為你好。」

「好個屁！給我糖吃還是給我毒藥吃？」

蕭水沒接話。

沉默了一會兒，蕭水又說：「三排長倒是真為你好。他還給你露了個底，說這不是指導員的指意，是我三排長自做主張，不要告訴別人，你不是放火的那個人。」

沈胖心一寬，不禁好奇：「那是誰？」

「你猜。」

「大李不像，投機可以，當槍使，他不會幹。小蔡膽兒小，他下不了手。別的人更不用說了，誰會瞎操心幫張布幹傻事？」

「這人你可能想不到。」

沈胖好長時間沒出聲，腦子裡猜謎語似的轉。忽然他想起了前一陣兒指導員向他提起過劉順貴。

「劉順貴？」沈胖試探。

「夠聰明，沒錯。」

「好主意，誰出的？往死人身上扎針，誰也不得罪。真得謝謝三排長，我明天就交待。」

「你也別衝動，還是想好了再決定。畢竟是放火燒主席像啊！」

「你不知道，這事壓了我好些日子，天天睡不好覺，心裡悶悶的。這下好了，有替死鬼了。」

「你再……」

「沒事兒，反戈一擊有功嘛，『516』分子的帽子都戴上了，還在乎這些？別怕，我也告訴你個祕密，工宣隊那陣兒，張布教我們一個辦法，大家別串供，個人交代個人的，你說西他說東，你說三他說四。最後工宣隊也搞不清到底誰說的是對的，這事也就不了了之。『516』這事你我都明白，你糊弄我，我糊弄你，就看誰能糊弄過誰。」

第二天上午，沈胖盤腿寫好材料，下炕，提起馬紮，路過白墨身旁，轉臉對他說：「東臨碣石的那塊石頭沒了。」白墨睜大眼，口張著，目送沈胖走向門口，半天沒明白過來他為什麼會說這話。

沈胖在門口停下，對著門格子裡的玻璃當鏡子，用吐沫抹平頭上的亂髮，推門向連部走去。

……

沈胖邁出連部門檻，仰頭看看天，抖抖手中的馬紮，吐了口氣。指導員非常高興地誇獎道，這回真的洗澡洗乾淨了，輕鬆了吧？不錯，開始當用吐沫抹平頭髮的沈胖走向連部時也這麼認為，覺得交待了，就沒事了。可是現在該幹的都幹了，怎麼還是覺得不爽呢？心裡依然沉甸甸的，似乎有個東西甩不掉。他有點兒後悔，也許蕭水說的話有道理？

沈胖回到班裡盤腿坐在炕上長時間沉默不語。蕭水怕他有病，好心問他哪兒不舒服。沈胖兩眼一瞪沒好氣地頂了一句：「關你屁事！」說完身子往後一仰躺在炕上抄起一架半導體收音機「吱哩哇啦」地亂撥台。忽然收音機裡傳出柴可夫斯基的「天鵝湖」音樂，正是王子與白天鵝雙人舞的那一段。聲音又穩又清晰。在偏僻的農場聽廣播必須是帶短波的半導體收音機。不僅中央台，連蘇修的和美國之音照樣聽起來毫不費力，因為那時中國的干擾器功能落後，只能蓋住大城市，一但到了鄉間就毫無招架之力，敵臺包括臺灣的聽得清清楚楚。沈胖似乎高興起來，開大音量跟著樂曲哼哼；「咪——啦系都來咪——都咪——」

一排長正好從五班門前過，聽這曲子感到似乎不大對勁兒，立馬翻轉身進了五班宿舍：「你們這是幹啥？敢聽資產階級腐朽音樂！」沈胖躺在炕上繼續捧著收音機回了一句：「這是革命樣板兒戲！芭蕾舞『紅色娘子軍』！」一排長一愣，他雖然讀過書，可滿耳朵聽的全是二胡，嗩吶。洋玩意兒一點兒也聽不懂，他確實也分不清資產階級腐朽音樂與「紅色娘子軍」有啥區別。萬一真是「紅色娘子軍」，事情就鬧大了。他只好說了一句：「聲音小點兒，不要影響別人。」便回身急忙離開。沈胖舉起半導體收音機一邊得意地吃吃笑起來，一邊隨著「天鵝湖」的音樂節奏搖晃著頭。

過一會兒，沈胖突然冒了一句：「嘻嘻！聽資產階級腐朽音樂，我是反革命不成？」一旁的蕭水心裡暗暗吃驚：沈胖今兒個怎麼啦？

小蔡隨著一排長走進連部，站在門旁。他一手揣在褲兜裡，一手拎著馬紮，縮著頭，哈著氣。連長從裡屋出來看他那樣子，皺了皺眉，擺擺手，叫他關上門，放馬紮坐下。

不一會兒，門又開了。指導員進來，低頭看見是小蔡，拍了怕他的肩膀，坐到了條桌後的凳子上。

「今兒個找你來是覺得有些事兒要刨清楚。」指導員將筆記本、毛主席語錄平放在桌上：「你的羊倌兒當的不錯，可運動嘛也不要落下。當然前一段時間你表現的還積極，這就需要再接再厲，不要辜負組織對你的期望。」

「是是，那是自然。」小蔡笑著回答。

「劉順貴的事……」

指導員還沒說完，小蔡就接上：「他的事我都寫在材料裡，不是交給您了嗎？」

指導員臉色略顯不悅：「寫是寫了一麻袋，可全是逑癟穀子。沒實在的啊。」

「……」小蔡疑惑了：「我講的全是實話，有什麼說什麼，沒有隱瞞呀。」

「哎呀，小蔡呀，你漏大發啦。別人交待的就和你不一樣嘛。我問你，劉順貴是怎麼死的？」

「跳樓啊。」

「自己跳的？」

「難道是別人推的不成？」

「我就說你知道嘛。」

「別介，指導員，您說什麼？」小蔡這回小眼睛睜大了：「我知道什麼？」

「你知道劉順貴是怎麼跳樓的。」

「他自己跳的呀！不對，您是說……」

「有人幫忙了嘛。」

小蔡不說話了，眼睛直勾勾地望著指導員，腦子似乎還沒轉過彎兒來。

「你想啊。」指導員同樣盯著小蔡：「你材料裡寫的，劉順貴是因為老婆的事兒尋短見，怎麼可能？為老婆這點兒屁事兒跳樓？你有沒有階級鬥爭觀念？」

小蔡澈底懵了，跳樓還帶著階級鬥爭？誰跟誰鬥？

「劉順貴是不是『516』？」

「是。」小蔡下意識地回答。

「他幹的那些壞事，是不是必須殺人滅口？」

「幹壞事？殺人滅口？」小蔡還是沒明白過來。

指導員急得乾咽吐沫，這小子真是腦子裡缺根弦兒：「他燒了練功房知道不？『516』怕他露餡兒殺人滅口知道不？」

這下小蔡醒過來了，心口撲通撲通直跳。好傢伙，殺人放火！玩兒命啊！怪不得這兩天聽同學們悄悄議論殺人放火，原來是這麼回事。

「怎麼？這事兒和我有關麼？」小蔡聲音有些顫抖：「我可膽兒小，劉順貴跳樓，害得我幾天睡不踏實。」

「小蔡同志。」指導員不置可否：「要靈魂深處鬧革命，澈底解剖個人主義思想深處的毒瘤子，才能解放自己。」

「指導員，這可不是鬧著玩兒的！自己跳樓和被人推下樓可是兩碼事兒！」

「沒錯，案發時你在場吧？」

「在呀。」

「那你應該很清楚知道這到底是怎麼回事。當然嘍，殺人滅口不是你的主意。賬要記在幕後黑手的頭上，比如，什麼頭頭啦，帶皺紋的啦。你的任務就是站穩立場，劃清界限，狠狠揭發『516』反革命集團的罪行！」

「指導員說的很對。」一排長插話：「面對『516』反革命罪行，你要靈魂深處鬧革命。思想深處有沒有骯髒的東西？比如，上次你說過『五洲棒蕩風雷激』，這明顯是篡改偉大領袖毛主席的詩詞嘛。你對毛主席什麼態度？說嚴重了這是政治立場問題！要好好檢討檢討！」

「指導員，這事兒我可擔待不起。」小蔡語帶驚恐地說：「你就別讓我摻合了吧。打個兔子我還哆嗦半天，殺人？那還不鬧出神經病來？求求您了，就饒了我這回吧。」

「聽說你有個弟弟，是吧？」指導員不理他的乞求，換了個話題。

小蔡警惕地望著指導員，點點頭。

「你的表現直接影響到你弟弟的分配。」指導員搓著手中的老式黑鋼筆：「誰都想進工廠、部隊，對吧？但，那是有條件的。根兒要紅，還得家屬個個門兒清。要是誰屋裡有人出了問題，我們也是毫無辦法的呀。人家當然會有選擇的嘛。」

小蔡如何從連部回來，他已經記不清了。人坐在炕沿兒上就蔫兒了，木木的懶得和人說話。

快到傍晚，大李從連部出來，直徑去到小蔡的宿舍。見到小蔡，上去就推一把：「你他媽的又想拉墊背的！對吧！都是『516』也就算了。殺人放火你也敢亂咬！」

「殺人放火？我咬誰啦！」小蔡又驚又急：「別憑白無故冤枉人！」

「我冤枉人？你沒和一排長說過嗎？你沒和指導員說過嗎？解放軍能說假？」

「我啥時候說過啦？一排長還說是你交待的呢！就你的主意多，就你的覺悟高。誰比得上你積極呢！」

「幹了缺德事，還想倒打一耙！」

「你不撒泡尿照照自己，長那麼大個子，還是根牆頭草，靠了哪邊你都幹得比別人狠。你那缺德事還少嗎？」

大李頓時漲紅了臉，竄上去掐著小蔡的脖子，咬牙說：「你他媽的不想活了。」旁邊的學生一瞧不好！趕忙擁過去勸的勸，拽的拽費了好大力氣才把大李拉開。小蔡站起身整了整衣領：「怕你怎的？」說畢跳起來直勾勾的朝大李臉上懟一拳。大李狂怒了，使盡全身力氣，帶著勸阻他的學生一塊兒壓向小蔡。「轟隆」一聲，眾人倒地，過道上亂做一團，人壓人，人推人，人打人，人拽人……好不容易大家你拉我扯，才站起身來，「流氓！」「小人！」「叛徒！」「漢奸！」罵聲仍然不斷，推推搡搡依舊不停。吵吵鬧鬧直到連長出現，這才停了手。「你他媽的就是欠揍！」大李仍舊怒氣未消。

晚飯時間，小蔡捧著飯盒回宿舍扒拉兩口就放在窗臺上，熄燈哨響了，飯盒還擺在那兒，沒動一下。人鑽在被窩裡，兩眼瞪著黑乎乎的房梁，直到下半夜小蔡仍未閉眼。

第二天西北風刮的猛，他卻非要放羊。

空闊的蘆葦灘令西北風放蕩不羈，像一個瘋狂的巫婆在空中肆意飛舞。它東沖西撞，忽強忽弱，惡作劇似地蹂躪著蘆葦。懼於「巫婆」的威力，倒楣的蘆葦被迫低頭呼出嘩嘩的噪聲表示臣服。太陽光穿過薄薄的雲層又冷又刺眼。小蔡躲在催催的背後，兩眼盯著地面一動不動，就像一座沒生命的雕像。羊兒們對小蔡不同以往的舉動漠不關心，依舊各奔東西埋下頭慢條斯理地尋找能吃的草根。小花狗似乎討厭這鮮少見面的西北風，跑來跑去沖著旋風不安地叫著，尖細的叫聲在蘆葦的喧囂中顯得格外刺耳。不知過了多少時間，白色的太陽慢慢移到天空的正當中。噪雜風聲小狗叫聲此起彼伏從沒斷過。小蔡心裡不禁煩躁起來，他止不住風的呼嘯，只好從思緒中跳出來喝斥小花狗住嘴。小花狗開始還聽話，伏下頭「嗚嗚」很委屈地壓低聲音。但沉默了一會兒，風的騷擾讓小花狗又忍不住叫起來。小蔡高聲喝斥。小花狗也越來越不耐煩，吠聲非但不止，反而沖著小蔡叫起來。小蔡陰下臉拾起土塊向小花狗投去。小花狗躲閃著依舊不依不饒。「汪！汪！」小花狗仰頭對著小蔡固執地用叫聲表達它的不滿。「呵！你還狂起來！敢跟我較勁兒！」小蔡眼珠圓睜，突然向前沖去。小花狗機警地一偏身跑出幾步遠，回頭沖著小蔡還是叫個不停。「畜生！你他媽的不想活了！」小蔡咬著牙狠狠罵道：「看我不把你宰了！」小花狗毫不畏懼，用更大的聲音回擊小蔡的威脅。小蔡無奈，只好不理它，依舊將頭埋在大衣絨毛領子裡。可是小花狗不領情，繼續抗議，那不屈的叫嚷分明是表明它要回家，它不喜歡這麼冷的天還出來。而小蔡原本想躲到蘆葦蕩裡讓心靜一靜，哪知卻被這只不知好歹的小花狗頻繁打擾，小蔡不禁惡起心頭，一股無名火在心中竄起，表情漸漸變得猙獰，細小的眼睛露出凶光，他恨恨地面對小花狗，像一隻對待獵物的狼。一會兒，小蔡的臉忽然換成了微笑，目光溫柔了許多，語調和緩地說：「好了好了，不跟你鬧了，咱們回家吧。」小花狗閉住嘴，歪著頭眼睛看著小蔡，一臉疑惑，同時四腳保持著隨時跳開的姿勢。「回家暖和暖和，我就知道你不想出來。」小蔡雙手撐著膝蓋，作出要站立起來的樣子。突然小蔡「呀！」地一聲，像一隻強力的彈簧猛地跳起來撲向小花狗。速度之快，連小花狗都所料不及。雖然它躲開了小蔡的第一次攻擊，可是它沒有躲開第二次。乾枯的雜草又松又滑，這大大降低了小動物快速應對的能力。小蔡成功地抓住了小花狗的一條後退。還沒等小花狗反應過來。小蔡已順勢立起。「啊————！」小蔡使足了勁兒地喊叫一聲，掄圓了胳膊，將小花狗在空中畫了個弧形圈隨即重重地被甩在了堅硬的土坎上。「啪！」小花狗痙攣了兩下四條腿伸開，直挺挺沒有了動靜。小蔡毫不理會又掄起了胳膊將小花狗揮上天空，再使勁兒狠狠地砸向地面。「我讓你叫！我讓你叫！」小蔡發狂地用盡力氣車輪似的不斷將小花狗往地坎兒上摔，直到小蔡的氣力耗盡，他才扔下小花狗，喘著氣，一屁股癱坐在地上。眼前的小花狗就像一堆軟軟蓬鬆的皮毛被棄置在草叢中。黑白的長毛被風撫摸著晃動著，黝黑的兩眼無辜地睜著，眼角、鼻孔、耳朵、滿嘴淌著血，染紅了蘆葦葉。而小蔡不知是冷還是咋的，開始渾身打顫，哆哆嗦嗦抖個不停。尤其那攥過小花狗後腿的手，半張開僵著，抖的更厲害。

狂風忽然像被小蔡的舉動嚇住了，驟然收住瘋狂的舞步，而蘆葦也挺直了身軀閉嘴呆望著小蔡。

天還沒黑，領頭羊帶著羊群若無其事地回到營地，小蔡不知何時也不知如何竟悄無聲息地躺在了炕頭上。同宿舍的同學並不覺得小蔡有什麼異狀，仍舊在毛選書的掩護下該畫圖的還在畫圖，該填詞的還在填詞。

北風肆虐了幾日，這一天跑沒影兒了。留下的天空靜靜的，抬頭看著它都覺得舒心。三連和往常一樣早飯後學毛著。一些值班的師生還在繼續飯後的收尾活兒——打掃餐廳，清理廚具。而幫廚的師生也拉開架勢開始一天的工作。大案板上攤開碩大的麵團，揉進起子，撒上堿水，卯足了勁兒呼哧呼哧和麵，大冷天的一會兒就汗流滿面。那邊廂，切熟食的案板一推鹹菜疙瘩。初試廚藝的學生正吃力地攥著小斧子般的菜刀學著大師傅的手勢生澀地切絲。拉車運水的六七個壯勞力也在做上路的準備，把繩子捋順，給輪胎打足氣，戴上手套、棉帽，跺著雙腳驅趕寒氣。一聲吆喝，水車蹦蹦跳跳下了坡，小夥子們笑著叫著跟隨著，漸漸隱沒在枯黃的蘆葦蕩中。嫌學毛著太憋屈的人托詞要沏茶，提了鐵水壺哈著霧氣在路過其他排的門口時候，探身進去，最好碰巧有人出來，借機聊上幾句以打發時間。

太陽逐漸升到了半空中。這時，指導員和連長同時出現在土壩上。一串急促的哨聲突然炸響，打破往常祥和的空氣。「全-連-集-合！」連長厲聲喊道，語調透出的嚴酷足使整座營房打個寒顫。一陣兒的慌亂，全連的師生提著馬紮很快集合到了籃球場。「你們！」指導員指著剛回來的運水師生：「先別幹了！歸隊！」又是一陣兒的忙乎，那六七個師生還沒站穩，指導員又氣惱地說：「拿什麼馬紮？都給我放回去！」這下師生們毛了，不去開會？那集合幹什麼？不管怎樣，命令還是要執行的。稀哩嘩啦正副班長收齊全班的馬紮送回宿舍。指導員、連長沒有再說話轉身沖著營房的缺口像是在等待著什麼。過了好一會兒，就聽見汽車低沉的馬達轟轟聲從遠處傳來，漸漸愈加趨近愈顯清晰，連車廂防護板吱吱的搖晃聲音都聽得出來。終於一輛龐大的解放牌軍用卡車蹣跚地爬上營房的土壩，綠色的塗漆在陽光的直射下發出刺目的高光。卡車有意堵住營房的出口喘息了幾聲便趴在那裡不動了。敞篷車廂站立著一群人，學生、士兵都有，他們表情嚴肅默不作聲。身材魁梧的白教導員從副駕駛座跳下，一揮手，車上的學生也紛紛跳下車，每個人手裡拿著紅色的毛主席語錄，腰間紮著皮帶，雄赳赳氣昂昂邁著整齊的步伐闖進籃球場。三連師生隊伍見他們來勢洶洶，不禁向後退卻，縮到籃球場邊。白教導員挺胸跨下土壩，腳下大頭翻毛皮鞋重重地擊打地面，即是冬天的凍土也砸出一行白色的印記。他來到場部學生和三連師生的中間站住。他的軍帽帽簷兒壓得很低，強烈的陽光從頭頂直射下來，黑黑的影子遮住臉的大半部，雙眼隱藏在陰影裡，很難看出他的表情，只有眼白不時閃爍出亮光來。這是個很好的主意——對方看不清他的眼睛容易產生恐懼感，而他對你的反應卻一目了然。

「知道我們來幹什麼嗎？」白教導員堅實的厚嘴唇露出一絲得

意的微笑：「你們當中有殺人放火的主犯、從犯！」不愧是軍人，說話不繞圈子，直奔主題：「這是我們清查『516』運動的偉大成果！是毛澤東思想的偉大勝利！」白教導員提高聲調：「在黨的正確方針政策指引下，我們攻破了一個一個堡壘，掌握了大量的事實。證明你們三連隱藏著策劃、執行殺人放火的人！是誰你們自己清楚。政策我們不變，坦白從寬，抗拒從嚴，脅從不問！有種的站出來！我們既往不咎。想蒙混過關，拒不承認，那是死路一條！無產階級專政的鐵拳絕不輕繞！」他的話音一落，紮著皮帶的場部學生齊刷刷舉起語錄書，手臂與紅本本林立，像一排排搖臂機器有節奏地揮舞：「坦白從寬！抗拒從嚴！坦白從寬！抗拒從嚴！」口號聲殺氣騰騰，聲聲震耳，恍如重磅炮彈炸滿小小營房空間，震得籃框上的殘繩都微微發顫。更令人肝顫的是激憤的方陣個個怒目圓睜，彷佛每個人的目光都在直刺你的心房：殺人犯！還不站出來！就是你！就是你！殺人放火的就是你！

　　三連師生被這突如其來的陣勢嚇呆了，個個戳在那裡手足無措。這是個什麼來頭？他們要幹什麼？好像我們都是殺人放火犯？抑或至少是罪犯的陪綁？那怎麼行？求求您們，別這樣看著我。我應該不是殺人放火犯吧？那怎麼辦？不能這麼乾站著被人討伐，總要有個應對吧。一會兒，也不知是誰慢慢舉起手中的毛主席語錄怯怯地隨聲：「坦白從寬，抗拒從嚴」。人們一下醒悟過來，一個、兩個、三個……陸陸續續一排、兩排舉起手中的紅寶書，顫顫微微，用極不情願的嗓音加入這「坦白從寬，抗拒從嚴！」的惡浪囟滔中。

小蔡隨著兩旁的同學舉起紅寶書，手也哆嗦，腿也哆嗦，兩眼偷偷瞄著對方。那邊的氣勢仍然沒有減弱，滿眼的語錄書波濤翻滾，狂烈的叫喊如同惡風喧囂，整個營房裡暴熱的空氣膨脹膨脹再膨脹壓得小蔡抬不起頭來，他的心幾乎停止了跳動，眼前變得模糊不清。朦朦中他感到對面人群正在熔化成宏大的猩紅漿液沸騰著，擴大著，衝擊著，逐漸漿液匯組成一把血色劊子手手中的大刀向你的心頭輪番猛砍。完了！他們知道我幹了些什么。他們知道我篡改毛主席詩詞，知道我殺了小花狗。不！殺了人！一定是，不然你看他們的眼神，幹嘛盯著我不放？肯定是我啦！他們絕對是沖著我來的！小蔡忽然感覺自己像站在四周空無一人的混天冰雪裡。冷啊！孤獨啊！腳下的冰層正咔咔地碎裂。他環顧四周想找人救助，但白費力，除了茫茫的空白，還是空白。一會兒，這茫茫的空白又湧出宏大的猩紅漿液幻化成一輛龐大的壓路機正毫不留情地向前碾軋過來，巨輪發出沉重的聲音警告他：就是你！出來吧！出來！不出來就軋死你！你還有別的選擇嗎？他的精神徹底垮下，他受不了這巨大的壓力，揣不下這難熬的時間，趕快結束這折磨人的噩夢吧！小蔡不抖了，身子飄起來，像被一條無形的繩索牽著，幽靈般的遊出隊列，身不由己移到對陣的中間，站住。光天化日之下，他被迫顯露出「原形」。

「好樣的！」白教導員拍著小蔡的肩膀，提高嗓門：「這才是我們的同志！」營部的學生更加興奮了，口號聲中摻進了勝利的歡呼！白教導員乘勝丟下小蔡，背著手邁開腳步慢慢靠近三連師生，這似乎表明：事還沒完！我在等第二個投誠者！他沿著隊列一個一個審視，那黑影中的目光逼得每一個受審者不敢直視他的臉。他每到一位年輕人的面孔前都要停下來仔細端量，表情中只有三個字：是你嗎？蕭水機械地揮舞著紅寶書，感覺白教導員正慢慢向他逼近，他的心「咚咚」地加快了速度。近了，更近了，然而白教導員走到蕭水邊的沈胖時站定了，他上下打量著沈胖欲言又止，他回過頭看了看站在壩上的指導員。那邊以肯定的神態微微點頭。白教導員側過身，不理沈胖，卻厲聲叫道：「還有！」近距離的音量突然襲來，震得蕭水的心又一陣緊縮。「還有！」白教導員接著又重複一遍，聲音如重錘。蕭水還沒來得及反應，身旁的沈胖放下揮舞紅寶書的手臂，像是在思忖什麼。只過了兩三秒，沈胖晃悠著身體跨出隊伍，朝著小蔡身旁走去。「好樣的！」白教導員同樣高聲讚揚：「有種！對得起黨！」蕭水站不住了，真的想跪下。壞了！還是沒聽我的，輕易地走出隊列，等於公開宣佈是我放的火，真不知「坦白」的前面是平坦大道還是萬丈深淵？萬一掉下去那可是地獄了！蕭水的心狂跳不已，手裡的紅寶書沉重的幾乎舉不動了。

「還有！」白教導員打斷蕭水的思路繼續威脅道：「還有主犯沒出來！」

「坦白從寬！抗拒從嚴！」對方加碼提高了一個調門兒，口號的節奏也更加快速。

「這人是個搖筆桿子的！」白教導員再逼進一步。

沒人應答。除了口號節奏的加快，操場上沒有任何變化。

「再不出來，你就沒有坦白的機會了！」白教導員警告。

仍然無人回應。

「我們的忍耐是有限度的！」白教導員發出了最後的通牒。

不知何時，三連師生身後已站立了幾個營部的學生。

顯然白教導員按耐不住了，他終於點名：「歐陽丁！出來！」

隊列中的歐陽丁呆站著不動絲毫沒有有出列的意圖。他舉著紅寶書，手臂在半空中停滯。

對面的人憤怒至極，叫喊中已夾雜著「滾出來」的罵聲。歐陽丁仍不為之所動。

三連師生身後的營部學生出手了。他們撥開人牆，穿進人群，直徑沖到歐陽丁的背後，像抓捕犯人一樣，扭著雙臂，按著頭，押歐陽丁出列。

俗稱「坐飛機」姿勢的歐陽丁不出聲，梗著脖子，額頭上三條皺紋出奇的明顯。

白教導員沒有理會他，只揮了揮手。「坐飛機」的歐陽丁在三連師生面前殺雞儆猴似的繞場一周，然後隨著「抗拒從嚴」的叫喊被押到壩上示眾。

口號聲繼續，白教導員似乎還在興奮點上，他轉身朝壩上走去，順口又點名：「蕭水，出列！」

蕭水一個激楞，腦子瞬間空白。他懵懵懂懂走出來，靠在沈胖和小蔡身邊。眾人的口號喊聲一下被推出很遠。以致白教導員如何宣佈此次戰鬥勝利結束，人們如何撤離操場，他都沒感覺。他只看到營部的學生向他招手。他木木地丟下沈胖、小蔡隨著指令走向卡車。歐陽丁是被學生們連推帶桑扔上汽車。等輪到蕭水，車上的學生忽然換了表情，微笑並友好地伸出手拉他。蕭水這才醒過來，意識到大概我和他不一樣？

到了場部，蕭水才被告知他是歐陽丁專案組的成員，任務是看管歐陽丁。為什麼選蕭水來幹這差事？領導沒有告訴他。他也沒好意思打聽，反正來了就好好幹唄。歐陽丁見蕭水寸步不離，明白了上面的用意。當趴在桌子上開始寫材料時，順手寫了張紙條，推到身後蕭水能看得到的地方。蕭水一伸脖，原來是「我不會自殺」幾個字。歐陽丁回過頭看了看蕭水，那眼神就像老師注視學生一樣。

蕭水接觸不到歐陽丁專案的內容，也沒有人交給他什麼審訊的任務。蕭水和歐陽丁整天除了吃飯就是睡覺，要不就是兩人相對而坐，有一句沒一句講一些無關痛癢的閒話。蕭水心裡犯嘀咕，這算什麼活兒？押解人員？趁著陪歐陽丁出去上廁所的機會，他暗暗觀察了一番，也沒看出個結果來。有一次湊巧遇見了滿天紅。滿天紅說，她知道蕭水上調到了場部，不過這兩天不行，別擔心，我一定會找機會看你。

滿天紅的一席話，蕭水聽了很舒心，該死的營部終於有了願意留下來的理由

果然，滿天紅來看他了。但臉色稍顯疲憊，往常那種快人快語的樣子也消失了。蕭水問她是否工作太累？滿天紅撇了歐陽丁一眼小辮子一甩說那倒不是。然後湊近蕭水壓低嗓門說，真不知道他們是怎麼搞的，還是回連裡的好。蕭水往後一仰，睜大眼睛看著滿天紅不敢說話。滿天紅擺擺手說：「好了好了，不談這些了。」他們倆又聊了些三連同學的情況，滿天紅便起身告辭。

門開了，審訊的人終於來了。領頭的是表演系高年級的學生。蕭水認識，但叫不出名字。高鼻樑，淡眉毛，沒准祖宗八代中哪一位是金髮碧眼的夷人。自打學院第一張造反黨委的大字報貼出後就沒怎麼見過他。此人披了件軍大衣，進門就叫歐陽丁坐在床上，將桌子拖到歐陽丁對面靠牆一邊，再圍桌擺上幾條凳子，算是開堂會

審。高鼻樑從軍大衣兜裡掏出一個帶塑膠絲網套的果醬瓶，裡面是深棕色的茶水，茶葉占了大半杯。他擰開蓋子，小心地喝了兩口，再擰上瓶蓋，放到桌子上，這才開口。

「住單間啦，怎樣？舒心吧？」高鼻樑字正腔圓帶胸腔共鳴的問話震得屋子房梁都掉灰。

歐陽丁翹起二郎腿，眯著眼睛看著高鼻樑，沒說話。

高鼻樑並不在意，繼續說：「都說你是帶皺紋的幕後黑手，看起來臉是黑了點，皺紋也有，就是歲數嫩，老謀深算不夠格。」

歐陽丁笑了：「你說對了，老謀深算，咱不是那條路子。犯倔到是像我。咱歷來就是有一說一，從不含糊。」

「那倒是有所聞。你連『516』都不承認，真是頭倔驢子。」

「為什麼要承認呢？沒有的事做啥子要違心？」

「『516』是中央定的，是相信你呢？還是相信黨中央？」

「哎，這事不能混淆，中央說有『516』並不等於我就是『516』。」

「你不是『516』，那誰還是？不要忘了，你是幕後黑手。蝦兵蟹將都當了『516』，你這個龍頭老大倒是白丁，誰信？」

「我信。你要說我是幕後黑手，那我可以告訴你，從我這兒開始就沒有『516』。我不是，我相信他們也不是。」

高鼻樑一拍桌子，果醬瓶茶杯一跳：「好傢伙！你敢對抗中央！敢說沒有『516』！狼子野心何其毒也！」

「我不是說沒有『516』，我是說在我們學院裡至少我沒有聽說過誰是『516』。」

……

審訊沒有結果。

第二次審訊，背完幾段毛主席語錄後，高鼻樑也翹起二郎腿，果醬瓶茶杯捧在手裡：「清查『516』反革命集團是黨中央的戰略部署，這是大方向，誰也不能干擾的。企圖螳臂擋車，就是死路一條！我院廣大群眾用實際行動響應黨的號召，勇敢地站出來，甩掉包袱，打了一場勝利的攻堅戰！歐陽丁，你是黨員吧？」

歐陽丁仍舊坐在床沿兒邊，手插在兩腿之間，半睜眼看著地面回答：「是。」

「你寫的材料裡說你對黨很感恩，還說對黨情深如海。」

「嗯。」

「那就奇怪了。一個愛黨視如父母的人公然與黨做對，和黨擰著幹，是何居心？」

歐陽丁抬起頭望著高鼻樑：「你的意思是說我反黨？」

「不是嗎？」

「難道我按事實講話就是反黨？」

「你所謂的事實就是否定我們學院有『516』。可是那麼多同學都承認自己是『516』，難道黨和群眾都錯啦？就你正確？」

歐陽丁垂下眼皮，又看著地面。他也搞不明白為什麼那麼多人會承認自己是「516」？他也無法解釋他所堅守的底線為什麼和黨的部署、群眾的表現有那麼大的衝突。他堅信自己所持的理念是正確的，可是他又不能斷然否定黨和群眾的立場，畢竟他們都是自己所熱愛的人。

「歐陽丁，我們知道你出身很苦，也知道你不會忘記那水深火熱年月。飢餓、受凍你不會忘記，你心愛的弟弟怎麼死的，你不會忘記！地主資本家是怎麼欺負你的父母，你不會忘記！是誰把你一家從火坑裡救出來？是誰給了你不愁吃不愁穿的幸福生活？是誰供養你上了大學並成了人民的教師？是黨！是人民！是他們給了你這一切！你不感恩嗎？你不崇敬嗎？現在黨要你站出來，以身作則，響應號召，清理自己身上的『516』餘毒。你卻背道而馳，死硬抵抗，拒不交代！你這是愛黨嗎？你這是報恩嗎？你的良心被狗吃啦？！」高鼻樑越說越激動，嗓門越來越高。那轟響的胸腔共鳴仍不失態，震得人心都窒息。

歐陽丁低下頭雙手捧著腦袋，也不知他在想什麼，十指深深插進頭髮裡，使勁兒地護著，好像生怕腦袋突然爆炸。「你這個忘恩負義的傢伙！你這個不知羞恥的傢伙！你這個叛徒！你……」高鼻樑繼續數落著。蕭水看著歐陽丁，心裡泛起一絲的同情，可憐的歐陽丁啊，你在和誰任性呢？平日裡你是個正直坦蕩、是非鮮明的人，是個好人，怎麼現在就偏要和黨組織作對呢？你在想什麼呢？忽然他發現歐陽丁有點兒不對勁兒，手明顯地抖得厲害，似乎失去了控制。蕭水剛想示意訓話的人停一下。只見歐陽丁猛的曲蜷身子不由自主趨前「噗通」一聲直接栽到了地上，他渾身顫抖，面孔抽搐，兩眼翻白即刻不省人事。在場的人被這突然發生的情景嚇慌了，個個看著歐陽丁不知該如何處理。

「快去叫醫生！」蕭水急叫起來。混亂中又有人說：「掐他的人中！」有膽大的附身就使勁兒按歐陽丁的人中。不一會兒歐陽丁舒了口氣緩緩睜開眼。衛生室的醫生趕到，將歐陽丁上身扶起，翻翻眼皮，摸摸脈搏，又渾身上下檢查了一番，說沒事，歇息一下就好。審訊室的人這才松了口氣。看來再審下去是不行了。高鼻樑揣好果醬瓶茶杯，低頭審視了一下仍舊坐在地上的歐陽丁，確定人沒事兒了，說了聲：「保重。」轉身帶領人默默離開審訊室。屋裡就剩下蕭水和歐陽丁二人。

「怎麼樣？哪兒不舒服？」蕭水遞上一杯水。

「沒關係。」歐陽丁用手理著頭髮，閉了閉眼，接過水杯：「想不通，就是想不通！腦子好痛喲。」額頭上的三條紋又皺起。

蕭水沒有吱聲，他知道自己的身分，雖然很想說些什麼。

「躺到床上睡一會兒，靜一靜有好處。」蕭水卻說出這句話。

「不用擔心，我沒事。」歐陽丁小心地站起來。

高鼻樑站在白教導員的兩頭沉旁畢恭畢敬。白教導員仰靠在椅子上，用右手裡的卷宗拍打著左手，節拍不緊不慢。

「看來歐陽丁不想低頭了？」白教導員隨著拍打的節奏，語氣平緩地說。

「這個人平時就是個倔頭，全院有名了，從來就是軟硬不吃。我估摸著不打持久戰怕是啃不下這塊硬骨頭。」高鼻樑略微弓著身子像僕人見了主人一樣。

「這樣吧，你們擬定個作戰計畫，從多方面攻打歐陽丁。注意，對他一定以攻心為主，哪兒痛打哪兒，折磨這詞不好聽，但就是這個意思。計畫搞定再向我彙報。」

打發走高鼻樑，白教導員將卷宗扔到桌上，起身走到大白紙前毫無目的的流覽上面的圈圈點點，順手拉上簾子。他對歐陽丁本來就不抱什麼期望。一來他知道對付教師要比對付學生難度高，這些人多少有些搞政治運動的經驗，不是老油條，就是嗆過幾口水的，很難打翻在地。二來也許歐陽丁人緣較好，在「516」問題上很少有人咬他。到現在也拿不出什麼要害事件往他頭上套。沒關係，歐陽丁的用處不在這兒。縱觀整個清查「516」反革命集團運動，白教導員設想：這麼多年了，搞運動又不是第一次，誰都知道，反革命集團嘛，少不了有個幕後策劃的角色，這才符合階級鬥爭的規律嘛。學院「516」骨幹分子撥拉來撥拉去歐陽丁是最合適的人選。這個角色不需要衝鋒陷陣，不需要幕前表演，只需要模糊的剪影即可。「516」的罪行越驚悚，越可怕，人們對所謂的幕後操縱者的想像力就越豐富。他們可以自行創造出各式各樣的罪行來安在幕後操縱者的身上。所以白教導員並不寄希望從歐陽丁那裡得到什麼，他只需要歐陽丁服軟即可。可惜到現在一無所獲。這小子真要當茅坑裡的石頭，我就送他上軍事法庭！白教導員恨恨地想。

第五章

也許營部對蕭水在專案組裡沒有積極主動的表現，有些失望。也許三連那邊五班同時少了正副班長成了群羊無首。對歐陽丁的審訊正方興未艾，蕭水卻奉命又回到了三連。

這時，三連出事兒了。

蕭水扛著鋪蓋捲兒剛踏進宿舍門口，就撞上了三排長。還沒來得及放下行李，三排長急忙拉著蕭水往牆角裡靠，壓低聲結結巴巴地說：「你可回來了！沈懿德不……不知咋兒了。你得……得幫幫他，咋兒的說話跟跑岔道……道了呢？」

蕭水一驚，急忙進屋。沈胖躺在炕上閉著眼睛，嘴裡不住地嘟囔著。看上去似乎和常人沒有什麼兩樣。蕭水俯下身聽清了沈胖的囈語：「我吃了兩碗飯，一碗是『516』，一碗是教導員。他們都是好樣的。三排長，你也是好樣的，你可以跳『天鵝湖』裡的洪常青。你連黑材料『東華門大會』都比不了。不過那不是你提供的，你還記得吧，那是蕭水的花屁股提供的。人人都要爭先進，先進就是『516』，你白墨沒折吧。曹操也是『516』……」

蕭水心裡一陣的絞痛，眼淚差點掉出來，他知道這是怎麼回事。當著眾人的面走出來，人格澈底被打垮，到這份兒上，內心不定怎麼折騰呢。事後的恐懼、後悔、懊惱、憤恨一股腦的襲來，誰人能招架得住呢？可是他又能怨誰呢？向誰撒氣呢？這是自己刨的坑自己往裡跳呀！唉，到現在我們才明白白墨所說的「沒有的事，偏要去承認，禍將附矣。」這話絕對真理，承認了你就沒事了嗎？傻啊！晚啦！

蕭水小心地躺在了沈胖的旁邊，臉對著臉，沉默著。他沒有別的辦法，只能陪著沈胖，傾聽他語無倫次的訴說。

時而有些要好的同學進來，看見蕭水陪著沈胖便點點頭算是打個招呼，然後默不作聲看著沈胖。白墨背靠牆頭塑像一樣地坐著，一動不動。老花鏡後面的眼睛更加模糊紅腫，一顆晶瑩的淚珠掛在眼角。屋裡窒息得難受，只有沈胖一人絮絮叨叨的沒完。

天黑了，吃晚飯時間到了。蕭水起身帶著自己和沈胖的飯碗走出五班宿舍。他發現營房的氣氛有些不對勁兒。通常到這個時候是營房最熱鬧的時段。一天緊張生活終於結束了，廚房蒸饅頭的香味四處蔓延，人們聳動著鼻子嘰嘰喳喳興奮地湧向飯堂。可眼下，人們也在匆忙地走動，卻沒有了聲響，即使是見面打招呼，也是儘量壓低嗓音。蕭水疑惑地邁進飯堂，配飯的窗口已一溜長隊。奇怪的是他看見了小蔡，而小蔡身後的同學像是很警惕的樣子與他拉開距離。等快輪到小蔡的時候，他忽然推開前面的人伸手將飯碗塞到窗口內大聲嚷道：「給我兩碗飯！我要兩碗！」突兀的高音讓原本安靜的飯堂嚇一跳。而被推開的區賢德並未計較，無聲地退到一邊，看著哇哇叫的小蔡。「我要兩碗飯！」小蔡繼續高聲叫喊。「這不給你啦。」窗內傳出姚大嬸兒的聲音。小蔡不做聲，抱著兩個饅頭轉身向門口走去。這時蕭水才看見小蔡的小眼睛直直的有點兒怪異。

飯堂的人們選擇沉默，好像什麼事也沒發生。只是遠處又有一聲喊：「我要兩碗飯！」

等蕭水端著沈胖的飯碗走出飯堂，看見陶延走進小蔡班的宿舍。蕭水不由自主地跟了進去。屋內亂七八糟，小蔡弓著身正貪婪地撕咬饅頭，那樣子好像八輩子沒吃飯似的。周圍的老師同學站著，一樣地默不作聲。小蔡對蕭水進來毫無反應，只當不認識。嘴裡卻叨叨著：「蕭水這個人好樣的，站出來了吧？教導員說的，沒有『516』哪有我們今天，憶苦思甜，就得要兩碗飯！你們都站著瞧我們的好看，好樣的，兩碗飯。」陶延拿出一片藥遞給小蔡說：「把菜吃了。」小蔡很聽話，一把抓過來就往嘴裡送。

「陶延不是『516』，她不會數數，不認得516。」小蔡嘴裡嚼著饅頭，哼唧著。

兩個饅頭很快就吃完，小蔡伸了伸脖子，也不理會別人，拉出被子蒙頭就睡。一會兒就沒了動靜。

看到小蔡安靜了，師生們都各自散開。蕭水和陶延一同出了屋子向五班走去。

「我給小蔡送藥。」陶延解釋道：「醫生說吃些鎮靜藥，讓他多睡會兒，會好一些。」

「他們怎麼啦？」蕭水問。

「八成受刺激了吧。那天你們走後，小蔡、沈胖站在操場當中沒人管。我看怪可憐的，壯著膽兒拉他們回宿舍。兩人就像賊被抓著似的，賴在宿舍裡不肯出來，也不和同學說話。尤其小蔡連頭都不敢抬。前些天，大李發現小花狗不見了，便去問小蔡。誰想一直蔫兒了吧唧的小蔡突然變了樣，兩眼直瞪，像鬼附體瘋瘋癲癲沖著大李亂喊亂叫，說什麼是我殺了小花狗，怎麼樣！所以我是殺人犯！殺人犯！你知道嗎？教導員說我是好樣的就是因為我殺了小花狗！殺小花狗是無產階級專政的偉大勝利，是『516』的偉大勝利！因為小花狗是『516』！這話說的顛三倒四，挺嚇人的。開始還以為他一時撒氣說沒邊兒了。後來就叨叨沒完，一天到晚車軲轆話誰也止不住，還老說我要兩碗飯，我要兩碗飯。說得連沈胖也受傳染了，也跟著哭天抹淚嚷嚷：又不是我願意出來。我不出來，這事兒就沒完呢？我救了大家，我是英雄！以後這事兒就往我身上推好了，死活老子一人擔著！再往後，話就越說越離譜，你瞧，兩個人跟神經病似的鬧得連裡雞飛狗跳。」

蕭水聽了心情更加沉重。

「這是怎麼搞的！」他像是對自己說。

「要像沈胖那樣躺在床上只胡言亂語也罷了。小蔡他瞪著眼睛四處亂跑，真怕他弄出點事來。」陶延歎了口氣，繼續說：「你來了，多照顧點沈胖。這兩個人真夠可憐的。」

蕭水點點頭。

夜裡蕭水躺在床上閉著眼睛卻睡不著，白天的事太擾人心。沈胖那邊不時還傳來斷斷續續的嘟囔聲，不知是在夢裡還是醒著。熬到大約小半夜，蕭水忽然聽到外面有嘈雜聲，像幾個人在匆忙跑過並帶著壓低聲的緊張對話。蕭水爬起身來，穿衣，跑出門外。只見營房房後有幾支手電筒的亮光在晃動。蕭水隨光追過去，原來三排長帶著幾個同學沿著營房邊的蘆葦蕩在找什麼。

「找啥呢？」蕭水問。

三排長的影子在電筒光中晃來晃去，像是回答又像是自語：「跑哪兒去了呢？賊冷的天，可別幹這傻事兒呢。」

「誰啊？」蕭水有點急了。

「小蔡唄，連長查鋪就瞅見被窩裡沒人，叫我趕快去找。」電光中三排長的臉一直朝著蘆葦蕩。

眾人尋到西排房，女生宿舍的門探出一個人，是陶延。裹著件軍大衣，下面露著兩條雪白睡褲腿，看見蕭水走過，急忙問：「出啥事啦？」

「小蔡不見了。」蕭水邊走邊答。

「等我會兒！」陶延返身關門，不一會兒又出來，白睡褲已換成軍棉褲。

眾人圍著營房尋了一圈，未果，便將搜尋範圍擴大。

烏漆的夜幕厚重嚴實，天空、蘆葦統統被黑染成一體，沒有手電筒真不敢向前邁步。

「你聽！」陶延的耳尖，她一把拉住蕭水。在深邃的左側似乎有人低低的抽泣。三排長循聲摸去小心地撥開蘆葦，在幾支電筒光的晃動下小蔡正蹲在草叢裡抱著頭。見電光聚來他忽然放大聲哭喊：「你們不要管我！讓我靜一靜，好嗎？我不是『516』！我沒有殺人放火！你們不要管我！你們為什麼非要我承認是『516』呢？欺負人呢！不是說承認了就沒事了呢？幹嘛還要我承認殺人放火？那是犯罪！是殺人犯！你們說話不算數！我不是『516』！」

三排長愣在那裡，嘴裡「啊，啊，啊」的不知該說什麼。陶延搶過去蹲在小蔡的面前：「我知道你不是『516』，誰不知道你是個老實人？咱們年輕人頭腦簡單，說啥信啥，錯了嗎？這種事多得去啦，犯不著那麼較真兒！毀了自己身體不合算，想開點哈。」

「我不是『516』，不是『516』……」小蔡心情平緩了些，放低了哭聲。

「知道你不是『516』，那也不能在這兒凍著呀？回宿舍暖和暖和，有什麼事明天再說。」陶延接著繼續勸。

眾人連哄帶騙總算把小蔡攙起身，慢慢走向宿舍。當小蔡看到窗口的燈光時似乎一驚站定不肯走了。「你說我回宿舍是不是又成了『516』？那麼多『516』住在一起，多不好意思？我們應該是一小撮，這不符合政策。你們不會算數嗎？516，五百一十六，太多了。」小蔡嘟嘟囔囔腦子又不清醒了。

三排長讓其他人先回宿舍，只留下蕭水與他，兩人陪著小蔡。

「小蔡。」蕭水不顧三排長在，直愣愣地說：「你說的很對，516太多了，多得遍地都是。可是，你反過來想想，如果只有你一個人是『516』，那你就真的成了反革命了。而如今大家都是『516』，『516』成堆，你還怕什麼？難道大多數人都是反革命？所以都是『516』就都不是『516』！你不是『516』，我也不是『516』，相信黨的政策，反革命只有一小撮，不可能是一大片。」不知是黑夜太冷的緣故還是別的原因，蕭水說話時全身發抖，語音也哆哆嗦嗦。三排長站在一邊沒有說話，保持著沉默，有意隱藏在黑暗中。

「回去吧，和大家在一起，你就不害怕了。」蕭水把手臂搭在小蔡的肩膀，半摟半推地將小蔡帶向宿舍。

安頓好小蔡，蕭水走出宿舍，隱約看見西排房拐角處黑乎乎站著一個人，他走過去，原來是陶延。

「你還沒睡覺？」蕭水有些意外。

陶延沒接話頭，卻問：「你經常給你父親寫信嗎？」蕭水一時摸不到頭腦，不知怎麼回答。「不是那個意思。」陶延的聲調有些慌亂：「我是說我媽最近寫信講北京亂了套，『516』氾濫成災，到處是，連賣糖果香煙店裡都有『516』。你信嗎？」

「有那麼邪乎？」蕭水吃了一驚。

「反正我覺得有點兒不對勁兒。我想給媽說些咱們這裡的事，你說可以嗎？」

「這得小心，清查『516』可是中央下的命令。別和（huo）不成面沾一手濕。先探探你媽的口氣，看她怎麼說。」

陶延點點頭：「千萬不要告訴別人。」

幾天後的早上照例是出操，三連師生集合在籃球場上。蕭水站在隊列中找齊位置、立正、抬頭，卻發現土壩上站立的兩個軍人並不是連長和指導員。他認識，是二連的連長和指導員。

二連長和顏悅色，對著壩下的師生說：「為了繼續打好清查『516』這場攻堅戰，場部領導決定由我和張指導員與你們共同戰鬥。」

接下來兩三天，連裡沒什麼動靜，除了學習還是學習。有好事者閑來無事就把火爐燒的賊旺，暖烘烘的泥草屋煨得眾人渾身發懶，誰也不想外出了。沈胖在炕上躺了兩天神情漸漸清醒，舉止也趨於正常。那邊的小蔡拖後幾天也恢復了常態，問他這段時間幹了些啥，他竟全然無記憶，就是覺得腦袋很痛。

這天晴空萬里，無一絲雲。陽光照在身上暖洋洋的。課間休息時，蕭水和同學們靠著南牆，一邊抽煙、一邊聊天曬太陽。這時從連部房後轉過來兩人，一個是三排長，一個竟是滿天紅。三排長叫了一聲：「蕭水。」招手示意他過來。蕭水忙不顛兒地跑過去。三排長說：「大江出去放羊了吧？你跑一趟，叫大江回來。」滿天紅急忙說：「那多費事啊，蕭水和我一起去找大江不就結了？」三排長摸摸腦袋：「你要是不嫌累，這樣也可以呢。」

兩個人並肩行走在蘆葦蕩間的小路上，一綠一白的身影緩緩穿插在蘆花與蘆葦的屏障中，時隱時現。有段時間的分離似乎加深了知己重逢的感覺，話竟多了些。蕭水邊說邊抬頭，放眼四望，冬天裡的蘆葦花非常好看，一簇簇一束束高昂在成片的蘆葦叢中，淺淺淡淡，松黃飄蒼。回轉過頭逆著陽光，蘆花們襯在濃重的蘆葦陰影下茸茸撲簌透明鮮亮。天空藍的深邃，望上去有一種令人捉摸不透的感覺。

兩人似乎被這美景所陶醉，一同沉侵在各自的夢幻中。

滿天紅小心拔下一支蘆花仔細端詳了一陣，又舉起蘆花襯著藍天揮舞，蘆花絮頓時飛散繽紛。蕭水側著頭看著滿天紅，此時的她又像回到了豆蔻年華的少女，既純真又可愛。太陽、天空、蘆花還有這春天般的女孩，蕭水想，要是沒有亂七八糟的運動，這該是一幅多麼浪漫的畫面啊！

「你在想什麼？」滿天紅似乎猜到了蕭水此刻的心情。

「我在想你為什麼找大江？」

滿天紅「撲哧」一聲笑了：「傻瓜。」她又揮了揮手裡的蘆花：「這麼好的天氣，悶在烏煙瘴氣的審訊室裡，聽著無謂的車軲轆話，你以為會好受？找個藉口出來散散心，不可以嗎？」

「不喜歡那裡嗎？」

「當然。那不是我要的生活。人跟人鬥來鬥去，耍心眼兒，累不累啊。」

「他們知道嗎？」

「我想他們應該知道，就我這脾氣白癡都看得出來。」

「可你卻青松不倒，在那兒紮得挺穩。」

「我也奇怪呢。」

「男女搭配，幹活不累。有你這小妮子在，誰捨得呢？」

「哎喲，蕭水也會不正經？他們也配！誰要是敢惹老娘，我扭頭就回三連。」

「這算啥威脅？」

「材料櫃鑰匙在我手裡，至少讓他們多跑兩趟。」

「我勸你別耍小姐脾氣。認認真真工作為好。」

「我咋不好好工作啦？」

「據你自己交代，今天出來就目的不純。」蕭水笑著說。

「出來兜兜風，犯了哪門子事呢？」

「小資產階級腐朽情調。」蕭水故意上綱上線。

「小資產階級情調又怎樣！」滿天紅有點兒認真了，轉身停下來眼睛盯著蕭水：「我就是喜歡小資產階級情調，怎麼樣！」

蕭水正想著怎樣接她的話，不料滿天紅猛然抱住他的脖子，嘴唇直愣愣貼向蕭水。蕭水的心「怦」的一跳，眼前頓時閃成一片爍白，等他回過神，卻已發現自己的嘴唇已和滿天紅的嘴唇緊緊貼在一起。怎麼回事？熱熱的突襲，令他驚呆在那裡木木的沒有反應。可那異性嘴唇的柔軟、濕潤、溫暖和癡癡地用力吮吸，正如一股電流直擊全身。心裡酥酥的，麻麻的。整個人彷彿懸浮在半空中飄飄悠悠不由自主。

不知過了多久，蕭水才感覺到滿天紅的身子已和他緊緊相貼，那是一種渴望，一種給予。蕭水的雙手慢慢解開滿天紅的大衣，沿著暖絨絨的毛衣向後伸移，然後將滿天紅的腰向自己的身體使勁摟去。一股女性青春乳香氣味從滿天紅的身體散發開。這是蕭水離開母乳後的又一次體驗，但這已不是弱小身軀圖生的依賴而是壯漢初嘗性的誘惑。這乳香，熱唇打開了蕭水性欲的柵欄，他開始享受這人生的第一吻。姆，還沒完，蕭水感覺到一雙豐滿而又彈性乳房正向他擁來，他下意識地解開自己的棉大衣澈底將滿天紅抱在懷裡。乳房在蕭水的胸前不斷蠕動摩擦，雖然相隔著毛衣，但那欲望與衝動蕭水感到真真切切。蕭水血脈噴張，心砰砰地撞擊胸口，他不顧一切地將手伸進滿天紅的內衣，並向上移去，那是滑溜溜的背，再回手，他觸到了軟軟綿綿的東西，那是男人沒有的部位，既熟悉又陌生。此時他感覺到滿天紅全身在微微顫抖，嘴唇放開了蕭水，「啊」的一聲，頭像在陶醉似的搖擺。一會兒突然她的嘴唇像發瘋了的在蕭水的臉上狂吻。蕭水再也忍不住了，手向下摸去……然而浪漫在這裡嘎然而止，蕭水觸到了滿天紅的底線——手被堅決地抵住，停在了半途中。就像措不及防發生的那一刻一樣，滿天紅又猛然甩開蕭水，背過身去。蕭水拉住了滿天紅的大衣袖口，順勢輕聲地說了一句：「我愛你！」滿天紅又回過身，通紅的臉，癡癡的眼神似乎還沒有從剛才的激情中緩過來。她定定地看著蕭水，話卻是：「這不行！」然後又口氣肯定地加一句：「你不是我的，你是陶延的。」蕭水冷住了，腦子一下子回到了現實。他看著滿天紅，好像剛才的事根本沒有發生。他的心突地空了，所有的激情都像被用過的水一樣潑掉。時間恢復到了往常的律動。蕭水呆滯地站在原處，遠處的小羊正在「咩咩」地叫。

營部辦公室牆上的簾子拉開，大白紙公開裸露著。已經沒有什麼祕密了，該知道的都已知道，該做的也都做了。剩下的就是準備做一場完美的謝幕，等著人家送鮮花了。

大白紙裡的農場地形圖，粗細不同，紅藍各異的圈圈叉叉畫得滿滿的，不同字體、大小不一黑色文字注解龍飛鳳舞。一組圖畫顯得新鮮醒目，粗大的藍色線條短促直接，像是衝鋒陷陣的尖刀兵。而紅色驚嘆號一個一個指引著尖刀兵走向終點！那個終點用黑色正體寫明——三連。

三連又要召開全連師生學習毛選心得交流會了。二連連長和張指導員並未要求各排整隊集體進入飯廳，只是告知大家準時到場就行。這和原來三連長的軍人作風有些不同。師生們也許一時不習慣，飯廳裡稀稀拉拉的幾個人坐在馬紮上翻著小紅書，大部分人還在宿舍裡等著集合令。這時一排長進來，拉住大李幾個同學悄悄說，等開會時你們坐在區賢德的左右，聽到指導員喊把區賢德揪出來，你們就擁上去抓胳膊摁腿別讓他跑了。小蔡在旁邊看見他們神祕兮兮的，不禁好奇地湊過來，聽這麼一說，像是打了雞血一樣興奮不已：「也算我一個！」那口氣真有點兒幸災樂禍。

交流會正式開始，張指導員例行公事地念幾段毛主席語錄，什麼敵人不投降就叫他滅亡！掃帚不到敵人照例不會自己跑掉等等。然後講起開場白。他語調不緊不慢像拉家常似地，先國際後國內再本大學營擺了一通大好形勢，拉拉雜雜這就快半個小時了。師生們聽得屁股下的馬紮硌的生痛，開始不停地更換坐姿。正在不耐煩時，張指導員話鋒一轉，這才上了正題：「同志們一定在想，你指導員講一大堆國際形勢幹嘛？離我們八杆子打不著啊。嘿嘿，錯啦！我們就是要胸懷世界，放眼全球！毛主席的階級鬥爭理論是放之四海而皆準的真理。國外的敵對勢力日日夜夜都在想著顛覆我們無產階級政權，他們想方設法打進來，用孫悟空鑽進鐵扇公主肚子裡的手法，妄圖從內部打垮我們。這是帝國主義的戰略部署，你以為和我們沒關係？美蔣反動派的特務就藏在我們的身邊！」

小蔡偷偷用眼角瞄了下鄰座的區賢德，這個矮矬胖子仍像往常一樣，岔開兩條短腿，挺直了身子端坐在馬紮上，紅寶書攤在地上，兩手在腿上來回的搓摩，圓潤的面孔綻放著滿意的微笑，毫無意識到厄運即將臨頭。小蔡忽然心裡泛起一絲憐憫之意。

「區賢德！」張指導員厲聲叫到，飯廳一震，所有的目光同時轉向房間靠後的方向。區賢德的微笑瞬間凝固了，疑惑地眼神明白無誤地寫在臉上：叫我？是在叫我嗎？

「就是你！你這個披著羊皮的狼！你就是美蔣派來的特務間

諜！同學們！把他揪出來！」張指導員的話音未落，大李、小蔡幾個同學立時撲上去七手八腳將區賢德架住。區賢德這才明白今天的這場戲他是主角，一切細節的安排、籌畫都是沖著他來的。可是美蔣特務怎麼和他掛上了鉤？簡直天方夜譚！一千個一萬個人裡也輪不到我成為階級敵人？而且還是最壞的階級敵人？無論如何他很難將自己和美蔣特務這兩個名詞順理成章地連在一起。但是同學們十分敵意和重手重腳、粗暴的舉動似乎毫不含糊地告訴他，區賢德就是美蔣特務！

「冤枉啊！」區賢德聲嘶力竭的大叫起來，破了音的呼喊帶著哭腔：「冤枉啊！冤枉啊！」他急著表白，卻找不到更多的說辭，只好反復地高喊。

同學們不理區賢德的呼喊七手八腳的將他硬拖了出去，那畫面就像電影裡國民黨將軍被拖出去槍斃一樣：身子朝天仰著，兩腿拖拉著地，一路「冤枉」不斷。

區賢德被架到營房中一間小小儲藏室。這儲藏室也就北方人通常講的半間房大，一條火炕占了大半個屋子，炕上原本堆放的是師生們夏天不用的厚棉被褥。現在是冬天，八九十個包裹早已癟成了一堆塑膠皮。區賢德坐在炕沿兒上哭喪著臉一動不動，直到晚飯前學生們拿來他的被褥他才轉身扒拉扒拉塑膠皮騰出大片火炕，將被褥放一邊，另一邊空著。後來這片空地便成了專案組的領地，人來了大都坐在那兒，區賢德只好拿個馬紮蹲坐在角落裡。晚飯是學生們帶來，並規定睡覺不准關燈，窗門不准遮擋。

專案組負責人是營部的小文書，孩子臉，雙泡眼，嘴上厚厚一層茸毛，軍服穿在身上總是嫌咣當。進得儲藏室習慣肩背靠著牆，大半個屁股坐在炕沿上，耷拉著眼皮瞄著區賢德。話不多，幾句開場白，剩下的就讓陪他來的營部學生打衝鋒。為了壯聲勢，三連也時不時地派一些師生前來助陣。小屋子門一關，三四支香煙緊著燒，五六張嘴連番上陣，煙過三巡屋子裡又像著了火似的煙雲繚繞且嗆且鬧。

連裡出了個特務，同學們內心反而松了口氣：殺人放火算什麼？還有比我們更高級的階級敵人，那可是百分之百死敵沒商量，不帶一點兒的受蒙蔽無罪啊！有了這級別的帽子罩著，咱們可趁機偷著涼快會兒了。結果，看似階級鬥爭的弦都緊綳得快斷了，三連的營房不經意地卻祥和了許多。誰要是被派到到儲藏室去助陣那真是又興奮又解煩還捎帶著小小的好奇心。

「你在香港是幹什麼的？」小蔡一邊問一邊看著小文書。炕沿兒邊上的這個人不吱聲，雖說這個問題已經重複多遍了，他也懶得管，看看小蔡有什麼新的招數。

「我就是個窮仔嘛，樣樣事都幹過，還當過報童。說實在，要是日子過得好我也不會大老遠的到上海跑碼頭了。」

小蔡可不信。六六年底紅衛兵大鬧香港，報紙上登過香港的照片。讓小蔡震驚的不是馬路上的假炸彈，而是畫面背景的繁華，這輩子沒見過的鋪天蓋地大樓景象著實讓他確信你就是個報童也一定富得流油！

「別騙我了，人會往低處走？」小蔡認為這不符合常理，背後一定有問題。

「不是啊，上海當時可是遠東第一大城市！香港算個啥？我能去上海，親戚們羨慕死了。」

小蔡不服氣：「北京才是遠東第一大城市！你到上海就是去接頭！」

「不是啊！」區賢德一聽「接頭」二字立刻急了：「冤枉啊！我一個窮賣報的，就是投靠我叔公家，哪裡是接頭啊？」

「好的，我問你，你叔公是大資本家對吧？」

「不是大資本家，就是有點兒錢。」

「少廢話，是不是資本家？」

「……算是吧。」

「後來經你叔公介紹進入歐陽予倩劇團沒錯吧？」

區賢德不吭聲，勉強點點頭。

「你看看。」小蔡扳著指頭算著：「你從帝國主義的香港投靠上海的大資本家，又加入資產階級反動學術權威的劇團……」

「可當時歐陽予倩是進步人士，是親我們黨的……」

「你想替他們翻案！？」

區賢德差點兒哭出來，哆哆嗦嗦說不出話來。這哪兒跟哪兒啊，那時就急著找碗飯吃，誰能想到三十年後的今天呢？我說冤枉真是一點兒也不冤啊！

可對面的小文書卻眼睛一亮，身子不覺坐直。有理，小蔡很有階級鬥爭觀點呢！

「你走的是一條又粗又黑的反動階級路線，你不是特務誰還是特務！」小蔡得意地總結道。

這回區賢德真的哭了，什麼是有口難辨他體驗到了。他確實是冤枉，至少他自己認為。可是他又駁不倒小蔡的邏輯，因為那都是事實，都是公開的，無法否認的事實。千錯萬錯，我怎麼就生在香港呢？區賢德懊惱地想：生香港也罷，那就老老實實呆在那裡就好了，偏偏不甘心，非要闖上海做個鯉魚跳龍門。說實在，歐陽予倩是個好人，是他人生中的大恩人。他清楚地記得當歐陽予倩知道他來自香港，特意帶他到後臺關照舞臺師傅們要善意待他。區賢德也很感激共產黨，沒有共產黨，他無法在劇團裡站住腳。沒有那幫子共產黨人的照顧，他不可能從一個白丁磨練成為一個舞臺燈光的行家裡手。他更不會忘記是黨的組織帶他隨著歐陽予倩進京創建中國戲劇最高學府，還當上了令人尊敬的大學教師。黨給了他榮耀，他自然從心底裡拜服。歷次運動中他都言聽計從自覺地不給組織添麻煩。而如今，他無論如何也想不明白這盆髒水是怎樣倒在他的頭上的，大半生好端端的日子一個跟頭就沒了。

這天，小文書帶著幾個場部學生進到儲藏室，沒有三連師生陪同。

此時的區賢德精疲力盡，萎縮在馬紮上，腰板兒不直了，臉煞白，面頰凹陷，兩腿曲蜷著，一副犯人的模樣。經過幾天不間斷的審訊，特務，特務，特務，這兩個字一直往區賢德腦子裡灌，別說專案組，就是區賢德自己都漸漸不自覺地進入間諜特務的角色了。就像「516」分子，這三個數字反復說多了，你要是表明你不是「516」分子，學生們都覺得你不入流呢。

「我是特務間諜？那我做了些什麼呢？」區賢德嘀咕道。

「別急，今天就是幫你尋找和深挖反革命特務罪行！」小文書不緊不慢地說：「還記得運動初期你和三連同學們在葦子地裡談話的事兒吧？」

區賢德疑惑地抬起頭。

「你勸他們承認是『516』分子，很積極啊。我現在明白了，你這是在發展特務組織！」

區賢德頭暈了：「發展特務組織？」

「不是嗎？」

呆了好一會兒，區賢德才緩過神來：「我哪裡知道！真是好心當作驢肝肺了，我是為他們好，替他們著急呀，黨的政策不是承認了就不是「516」了嗎？」

「黨是說承認了就不是『516』了。可是你的目的不是這個呀。你太狡猾了，你是打著『516』的幌子在發展特務！」

「沒有啊，這哪兒跟哪兒啊，我是真心為同學們好，我只是跟他們說，這麼好的政策到哪兒去找啊！黨能騙人嗎？我一生事事聽黨的話，從來沒錯過，同學們放心，跟黨走沒錯。這，這怎麼就成了發展特務組織了？」

「黃鼠狼給雞拜年，沒安好心！」一個學生打斷區賢德的話。順手拖過區賢德疊好的被褥當坐墊，在炕上高高坐著。

「哎呦，不是啊。學生們對黨的政策有抵觸情緒，我怕他們與黨不一條心，才好言好語勸他們。我是為他們好，也是為黨好。怎麼成了黃鼠狼呢？」

「看來你是不撞南牆不回頭！」小文書有點兒不耐煩了：「我們原本希望你主動老老實實交代問題，走坦白從寬的道路。可是到現在你仍然死不悔改，妄圖頑抗到底！我警告你，我們的忍耐是有限的，無產階級專政的鐵拳不是吃素的！我們隨時都可以讓你嘗嘗鐵拳的滋味！讓你永世不得翻身！敵人不投降就叫他滅亡！」

「冤枉啊！我不是特務！求求你跟領導說，我真的不是特務啊！」

小文書沒有理會區賢德的哀求，站起身子直徑走出了儲藏室。

這天晚上忽然起了風，刮走了所有的雲。天空沒有月亮，滿天的繁星被風吹的抖抖瑟瑟。蘆葦叢像著了魔似的瘋狂搖擺，你推我，我撞你，扯足了勁兒發出「嘩嘩」地嘶吼。

區賢德睡不著，腦子裡總是重複著白天小文書訓斥的畫面。他猜不透小文書只是例行公事說一番嚇人的套話，還是來真的？這些話以前區賢德在大批判會上聽得太多了，從未往心裡去，因為那是矛頭指向他人嘛。可今天，「無產階級專政的鐵拳」要落在自己的頭上，感覺就大不一樣，字字紮心。

估摸著已是下半夜了，區賢德尿急。等兩個值夜班的學生路過窗口，趕忙起身呼喚。學生們把門鎖打開，區賢德穿好衣服，披上大衣，隨著學生走到營房後的廁所。學生們怕風，看見區賢德進了廁所便躲在背風的房後抽起了煙。

區賢德小完便，出了廁所，發現學生不在，又不敢擅自離開，只好站在廁所前的空地四處張望。看看天，星星又大又亮。看看廁所的燈光，昏弱慘黃。微燈下，那厚厚高高的蘆葦正搖頭擺尾地跳舞。

忽然，舞動的蘆葦分開，露出閃爍的星星愈發明亮。不對，那好像不是星星，似乎是窗戶裡的燈光，密密麻麻、高高低低佈滿你的眼前，好熟悉的景象，在哪兒見過？你瞧，這兒一堆堆燈光就是……噢，對了，那是香港！是我的家！我的家！高低錯落的樓層愈顯清晰，「嘩嘩」的聲響不再是蘆葦的呼喊，分明就是成串汽車的馬達聲響嗎？區賢德不顧一切地撲上去，穿過蘆葦，踏上堅硬的冰層，飛一般地迎著星光奔去。家，我要回家！區賢德不斷地撥開蘆葦，興奮地向前跨步。他沒想到香港竟離他這麼近。只要穿過這片蘆葦他就可以回家了！

……

「撲騰」一聲，冰層破裂，區賢德一腳踏進了水裡。齊膝的冰水瞬間浸入他的肌膚，他打了個激冷，醒了過來。

高樓的燈光不見了，只有弱弱的星光。車水馬龍的轟鳴聲消隱了，只有吵鬧的蘆葦在搖擺。香港呢？香港在哪兒？哦！不對！應該是營房。營房呢？營房在哪兒！區賢德環顧四周，全是一樣嚴實的蘆葦高牆，一樣高深莫測的星空，沒有一絲的人氣。他慌了，拼命大喊：「救命啊！」可蘆葦像是故意捉弄他似的，隨即發出更大的轟響。輕而易舉地蓋過了他的呼喊。無名的恐懼從四周聚攏過來，他本能地想用大衣裹緊身子，這時才發現大衣不知什麼時候丟了。他身子不由自主地抖起來，眼睛慌張地向四處搜尋，希望能發現哪怕一絲的出逃跡象，就算是一根救命稻草，是的，哪怕就一根，也行！哦！北極星！他抬頭仰望星空迅速找到那七顆北斗星。

北極星在那兒！營房在我的南面！區賢德轉身向著南方奔跑。他奮力撥開無數的蘆葦，越往前卻越感覺不對勁兒，怎麼水更深了？他反身再往回跑，好一大會兒四周仍然是帶冰碴兒的水！他記得剛剛跑進蘆葦蕩時是有堅硬冰層的。可現在它躲到哪裡去了！難道北極星也不頂用？也在和我開玩笑？他不知道，當他一開始踏入蘆葦蕩奔向夢幻的香港時並未記住方向。他是朝著北跑還是東方亦或西方？或許是東北？西北？

區賢德沒有了主意，徹骨的冷風不斷往衣服裡鑽，身體就像根哆嗦的冰棍兒，裡外透涼。冷啊，真的冷啊！從來沒有嘗過這麼冷的滋味，他甚至不相信世界上還有比這兒更冷的地方。他盯著眼前狂舞的蘆葦，也許那個後面就有溫暖的希望？也許又能看到我的家？就像剛才看到的一樣……剪影般的樓群，隨山而建，層層疊疊，高高低低。明亮溫暖的窗口如天上的繁星，一團一團，有明有暗。成串的汽車亮著紅燈、黃燈在密不透風的霓虹燈、廣告牌下匆忙移動。馬達轟響，燈火通明。這熟悉的畫面時而靠近時而遠離，時而模糊時而清晰。這不是幻影吧？好想你呀！你好，香港，等一等，不要離去，真的，不要離去，我該回家了……

三連營房還在沉睡中，正如昨天，前天，大前天一樣。只是廁所前昏燈下多了幾個人影。看得出是張指導員、二連長和兩個值夜班的學生。

「我們等了半天，想是大便也沒有那麼長時間。於是就進廁所裡查看，裡面沒有人。再到儲藏室去查，也沒人。」

「看到有什麼信號彈往天上打嗎？」張指導員問：「或者發現有什麼人從遠處朝這邊打手電筒，一閃一閃的？」

想了好一陣兒學生們才回答：「沒有，至少我們沒看見。」

張指導員和連長不說話，面向蘆葦蕩像是在思考什麼。

「哦。」一個同學忽然想起：「還有一件奇怪的事。我們從廁所出來發現地上有條水跡，像是誰憋不住，尿了出來。我們用手電筒照，方向好像從營房那邊過來。會不會是什麼信號或記號？」

張指導員點點頭：「有可能，你們提供的線索很重要。你叫……」

「秦明，明白的明。」

「小秦啊，你的警惕性很高嘛。」張指導員表揚道。

「會不會跑到蘆葦蕩裡去了？」另一學生問。

「不大可能吧？除非有人接應。這麼冷的天，鑽蘆葦蕩？找死啊！」張指導員沖著蘆葦蕩說。

區賢德失蹤了！像一條爆炸新聞在第二天悄悄的蔓延到三連各個角落。新聞腳本五花八門：有說區賢德涉及高端祕密，被中央提走了。有說區賢德在文革初解放軍工作隊時期盜竊了軍事情報，讓總參抓走了。還有人大膽猜測昨晚有美蔣特務前來接應，區賢德逃了。多數人對這諜匪小說式的傳聞嗤之以鼻，咳，沒那麼邪乎，頂多是營裡把區賢德轉押走了吧。

蕭水覺得這事有點兒蹊蹺，要是營部提人，沒必要那麼深更半夜偷偷摸摸。可是其他傳聞更是沒邊兒的事。他私下向三排長建議是否在周圍的葦子灘找一找，萬一呢？

三排長的紅嘴唇咧了咧，伸著脖子搜索著一望無際的蘆葦蕩，好一會兒才想起回答：「張指導員說了，階級敵人不值得費那麼大力氣，就是死在蘆葦蕩裡又怎樣呢？」

蕭水聽了心中不免惆悵，說區賢德是特務，他恨不起來。特務不是陰險狡猾、心狠手辣嗎？區賢德成天樂呵呵的不知什麼是煩惱，哪裡像特務？他把這種感覺偷偷講給陶延。陶延毫不諱忌地說：她不認為區賢德是特務，她已經寫信給媽媽說了。

區賢德人間蒸發這事兒來得太突然，人們毫無防備。一連幾天營部動靜全無，白教導員也不知去向，有人說是上級團部叫走了，好像運動出了些問題。隨之而來的就是清查「516」運動停了車，整個大學營處於空轉狀態。

世界總是有透風的牆。又過了幾天，三連在早上起床洗涮的時候，有人發現泥牆上貼了張白紙條，上面寫著：我不是516！是同學們畫畫用的黑墨水筆寫的，歪歪扭扭認不出筆跡，卻又十分醒目。路過的師生們停下來看一眼，隨即走開，沒有人動它。直到張指導員路過，才被扯下來。誰寫的？沒人承認。查了那天晚上值班的，同學們是上半夜值班，下半夜正好都是年過半百的老師們值班，這些人大都在運動中是逍遙派（吃瓜群眾）。他們異口同聲都說沒見過這張條子。這怎麼可能？雪白的紙貼在牆上竟然看不見？是的，沒看見。老師們說了，沒看見就是沒看見。張指導員和二連長商議了許久，最後決定將這事壓下不上報，就當沒這事兒。那張白紙條，張指導員仔細地把它燒掉。

接下來三連又有異動：像似小便的水跡又出現了，而且是在白天。這次尿線明白無誤的引向三排。沈胖馬上猜出這事的可能性。他偷偷問白墨：怎麼啦？哪裡不舒服？白墨難為情地表白：上年紀啦，廁所太遠。

「這麼著。」沈胖說：「跟三排長商量，給你備個痰盂。大冷天的，來不及，就用它。」白墨急忙擺擺手：「我這身分，恐怕人家會說你們階級立場不堅定。」沈胖不悅：「這他媽什麼事兒呀！一大把年紀了，還要遭這罪！」

不知怎的，同學們開始不值夜班了。頭班的值到點兒，拍拍下一班還睡在炕上的同學，提醒道該你值班了。炕上的同學迷迷糊糊回答，知道了，一翻身繼續睡。等一覺醒來，再推推旁邊的同學說：該你了。旁邊的同學哦了一聲，也沒起來。就這樣一直到早上沒有一人值班。張指導員發現了沒有？不清楚。反正這事兒無聲無息地發生，也無聲無息地沒人管。

從去場部拉車運水的同學回來講：他們看到白教導員了，好像沒事兒。等蕭水輪班拉水時，趁運水車灌水的空檔跑到滿天紅處。他得到的情報是：白教導員還是老樣子，團部也就是詢問了區賢德失蹤的事。運動繼續在搞，但三天打魚兩天曬網，沒那麼緊張了。後面還有話蕭水沒傳達，偷偷把它咽到肚裡。那就是，滿天紅還講，終於有空可以織毛線手套了。「是給你的。」她笑嘻嘻閃亮著眼睛說。蕭水一臉尷尬，又不知如何回答。「開玩笑。找陶延幫你織吧。」她槌了一下蕭水。

第六章

一輛二一二吉普車急速停在場部辦公室門前。駕駛座上跳下一位四個口袋的軍人，四十歲出頭，清瘦身材，一雙淺棕色小圓眼直視前方。別看他個頭不高，邁起步子輕盈且快。手捧軍大衣的小司機剛從後座下車還沒走幾步，他已推門進屋。

屋裡的人早就起身立定。站在最前面迎接的是白教導員，五大三粗的他勾著脖子敬個軍禮：「政委好！」來人點點頭沒說話，習慣地將手臂抱在胸前，側過身輕移腳步，眉頭微皺仔細巡視著辦公室。那氣勢讓一屋子的人大氣不敢出，個個挺直肅立，整個辦公室戳滿了「木頭樁子」。

政委視線移至兩頭沉桌面，一隻大號的煙斗擺在上面，沐浴著陽光。油亮的木紋，晶透的有機玻璃吸嘴迸發出高光顯得格外刺眼。他趨前拿起煙斗仔細端詳。

「好煙斗。」他不禁誇讚。

「這是區賢德的煙斗。」白教導員趕緊說明。

「誰？哦，那個特務分子？」政委又將煙斗輕輕放回桌子上：「找到他了嗎？」

「目前還沒有，只找到了他的棉大衣。」

「亂彈琴！」

辦公室死寂一般。

「你們是怎麼搞的？連個人都看不住。」

辦公室依舊死寂。

停了片刻，政委接著說：「這個案子搞的怎樣了？」

白教導員用眼神示意小文書。

「你講！」政委不客氣。

「我們發揚了連續作戰精神，對區賢德進行不間斷的調查、審訊，積累了大量的有用材料……」

「有用個屁！人沒了，打空靶子啊！啊？總理把這些讀書人交給我們，他說了，希望你們一個不少的還給我。他可沒說反革命分子不算噢。現在可好，十幾個院校就我們丟了人，好光彩呀！亂彈琴！」政委用手指又摸了摸煙斗：「別給我報流水帳，我就要結果！你們有區賢德定性材料嗎？」

「報告政委，正在整理……」白教導員邊想邊說。

政委斜眼看了一下白教導員：「叫專案組和你找個地方談。」

臨時挑選的房間在另一排土平房中，是營部專案組辦公室，室內用具簡陋，白教導員叫文書搬來幾張椅子才沒人站著。

「你們有什麼硬材料能定區賢德是特務？」政委開門見山。

「目前還沒有，不過……」專案組小文書看了白教導員一眼：「我們覺得，這小子從香港來就不是個好東西。」

政委把臉轉向學生：「你們看呢？」

專案組的幾個學生默不作聲。

「他們工作態度是沒得說的，都很積極。」小文書急忙圓場。

「我認為。」一個學生打破沉默：「解放軍是我們學習的榜樣，到部隊來就是遵循毛主席的教導接受解放軍親人們的再教育。只有我們覺悟低，哪有資格對解放軍指手畫腳？相信解放軍，信任解放軍才是我們正確的態度。」

「聽這口氣好像有不同意見嘍？」政委挑明學生的話外音：「說說看，知無不言嘛。隨便說，我不怪你們。」

學生們仍是沉默。

「不要有顧慮嘛，都是自己人。咱們關起門來說話，說心裡話，絕不外傳，保密，怎樣？」

「錢政委。」一個戴棕色賽璐珞眼鏡的學生抬起頭鼓足勇氣：「我認為我們辦案的方法不對。毛主席教導我們，沒有調查就沒有發言權。特務的結論應該在有確鑿證據之後，而不是在此之前，否側就是先驗論了。先給他戴上特務的帽子再去找材料補充，這種做法本末倒置。」

「你們沒掌握材料就說區賢德是特務？」

「我們想特務從哪兒來？只有從國外來，這小子來自香港不是他是誰？」小文書接過話頭。

「噢，你們這樣認為？還有其他意見嗎？」錢政委問到。

屋子裡沒人答應。

錢政委沉思片刻：「亂彈琴！到此為止。我再重複一遍，今天的發言誰也不許對外透露！誰犯紀律我找誰算帳！散會！」

這一回屋子裡全是穿軍裝的，錢政委坐在白教導員的兩頭沉座位上，背靠窗戶，兩隻招風耳逆光，通紅通紅的。隔座香煙頭冒出的青煙在陽光下一縷一縷慢慢飄揚。話已說的口乾舌燥，他端起搪瓷杯「咕嘟」喝了一大口：「真是亂彈琴！沒材料你們就抓人！想立大功？嘿！別想！腦子發昏噢！難怪首長講擴大化！一點兒沒錯！『516』本來就是一小撮嘛，你們搞成了一大片！闖禍了吧？人家告狀都告到了軍區！指名道姓，說的有鼻子有眼的。你們可是出了名啦！成了擴大化的典型！可是。」錢政委一拍桌子：「吃排頭的不是你們，是我！」

「啪！」不知誰的火柴盒掉到地上，像是臉盆摔下，轟響一屋子。

……

夜已深，營部最好的房間日光燈雪亮，一個幹事站在桌邊。錢政委一條腿屈在椅子面上，正拿著一把醫用鑷子仔細地扦腳：「告訴他們，專案組一個也不許撤，工作繼續進行不得終止。別出了點小事，就跟沒頭蒼蠅似的，一點兒政治頭腦都沒有。」錢政委沒有抬頭，仍舊盯著腳：「給軍區的報告寫好了沒有？好，再加兩條建議，一是白寶瑞調回原單位，還做他的教導員。另外大學營住在農場太不安全，建議遷往部隊營房。」

三連飯廳坐滿師生。主席臺桌子鋪上了白布，錢政委坐在連裡唯一一張靠背椅子上，兩隻手臂依然抱在胸前，頭微揚：「我仍然強調，清查『516』運動是中央直接領導的，是中央的偉大戰略部署！我們的方向是正確的！政策是對頭的！是有效的！所以運動取得了偉大成就，是不容懷疑的！現在運動正在健康發展。老師同學們要有信心，清查「516」運動一定會繼續進行到底，不達目的誓不甘休！」

兩個星期後。

蕭水就像他剛來時那樣，站在三連營房豁口，審視著這個即將離開的地方。一切沒變，草泥房在陽光下依舊敦厚實沉，籃球場兩頭的球架還是裸著身，掛在生銹鐵環的殘繩也沒少一根。場子倒是被清掃得乾乾淨淨。可諾大的營房此刻沒有了剛來時的生氣——人聲消失了，廚房鼓風機的馬達停了，房頂上的煙囪也看不到裊裊青煙，營房後的家畜窩棚裡再也傳不出雞羊的鳴叫。熟悉的營房像幅靜止的圖畫。他心中不免升起一股惆悵，畢竟這裡曾經有牽腸掛肚的時刻發生，也許這輩子也忘不了。站了一會兒，他走到豁口旁，那裡堆積著師生們的行李，鼓鼓囊囊的齊人高。透明的、不透明的、半透明的塑膠布五顏六色，用粗細不一的繩子橫捆豎綁。蕭水拉了拉行李上的繩子，身後傳來了低沉的汽車馬達聲。一輛早已失去光澤的解放牌軍車裸露著車廂搖搖晃晃開到豁口。蕭水、沈胖一個跳上車一個在車下將行李甩上車廂，他們像士兵搭街壘一樣，將行李在車廂前部堆成一堵厚牆，車廂後半部碼成半圓形的窩窩。確認沒有行李丟下，然後爬上車廂，豎起棉大衣的茸毛領子，紮緊帽子的耳護，大呼一聲：「開車！」轉身面朝車尾仰天往行李堆窩窩裡「嘩」的一躺，美滋滋的比坐軟臥還得意。

軍車在公路上飛奔起來，大海般的葦子灘緩緩地向後退，漸漸隱沒在地平線上。天空藍盈盈的，路兩旁的樹逐漸增多，光禿禿的樹幹枝枝丫丫伸展，在馬路上空聚攏，搭成樹枝的頂棚。陽光穿過樹枝投下條條陰影在蕭水、沈胖的臉上身上一劃一劃快速閃過。平坦的深冬大地像穿了件通身補丁的衣袍，破破碎碎一塊接一塊，灰黃灰黃的打不起精神來，看久了眼皮都懶得睜開。軍車再向前跑，平原陸續升起一座座寸苗不長滿是石頭的山丘。

「快進山了吧？聽說咱們住的軍營是石頭房子，背後有山，有水，有樹林，可漂亮了。」沈胖激動起來，轉身爬上行李堆向前方張望。

「危險！」蕭水一把將沈胖拖住：「下來！忘了三排長的囑託嗎！頭不要超過車頂！」

「沒那麼巧吧。」沈胖嘴裡不服，身子卻縮了回來。

「車子這麼快，橫著的樹枝就跟刀子一樣！」蕭水重複著三排長的話。

「別嚇人。」沈胖回嘴。

沉默了一會兒，沈胖又想起了什麼：「聽說為了咱們，營房的圍牆上裝了鐵絲網，還架起了機槍。是嗎？」

「嘿嘿，『516』加臭老九，擱誰那兒誰都緊張。架機槍？正常。」

又隔了一會兒，沈胖雙手對揣在袖筒裡抬起來蹭了蹭鼻子：「你說將來畢業分配時真的一視同仁嗎？都殺人放火了……」

「你殺人了？」

「沒有啊。」

「你放火了？」

「我有病啊？跟毛主席沒怨沒仇的，找抽啊！」

「那不結啦，沒根沒據，你又不承認，怎麼結案？還不是不了了之？」蕭水晃著頭：「有時候就別當真，運動來了應付應付，隨大流。到頭來黑幫份子不也成了三結合對象？只要你真沒做壞事。」

沈胖歎了一口氣。

「你比如說。」蕭水來了勁兒：「剛才有人一抬頭，『咔嚓』頭被樹枝割下來。這人如果是你……別介意我只是舉個例子，假如。」蕭水用肩膀懟了一下沈胖：「有時候組織上結論很可能是，反革命分子沈懿德自絕於人民，畏罪自殺！可是當形勢稍微有那麼些變化，沒準兒組織上的結論就不一樣啦，沈懿德同志因公殉職，是我們學習的好榜樣。其實事實真相呢，就是不小心嘛！」

「你當然想的開啦。」沈胖情緒仍不高。

蕭水沒有接話，側頭望著遠方的風景。青藍色的山高起來了，一層一層的。真的，確實很美。

後記

清查「516」反革命集團運動因林彪的「九一三」事件而終止。

區賢德依然被列為失蹤人士。上個世紀九十年代葦子灘劃為開發區，在清理蘆葦蕩時發現一堆人骨。查遍附近村莊均無失蹤人員，故而就地掩埋。現在的葦子灘早已面目全非，屍骨在何處已無人知曉。

蕭水畢業後分配到濟南軍區。據說陶延分配到北京工作。不久，陶延隻身一人也去了濟南。後面的事就沒有懸念了。

滿天紅回天津老家工作。

沈胖被分配到貴州貴陽歌舞團。

小蔡在寧夏銀川安了家。

改革開放後，小蔡離婚與沈胖南下深圳下海打拼。

2018／12／29　第三稿　於奧克蘭

2020／03／25　第四稿　於奧克蘭

2020／05／20　第五稿　於奧克蘭

國家圖書館出版品預行編目

葦子灘,一九七〇年的冬天 / 穆迅著. -- 臺北市 : 獵海人,
2020.09
面； 公分
ISBN 978-986-98841-8-1(平裝)

857.7　　109013149

葦子灘，一九七〇年的冬天

作　　者／穆　迅
出版策劃／獵海人
製作銷售／秀威資訊科技股份有限公司
114 台北市內湖區瑞光路76巷69號2樓
電話：+886-2-2796-3638
傳真：+886-2-2796-1377
網路訂購／秀威書店：https://store.showwe.tw
博客來網路書店：http://www.books.com.tw
三民網路書店：http://www.m.sanmin.com.tw
金石堂網路書店：http://www.kingstone.com.tw
讀冊生活：http://www.taaze.tw

出版日期／2020年9月
定　　價／280元